U0922043

星期一没有什么故事可说

苏先生 著

天津出版传媒集团
天津人民出版社

图书在版编目（CIP）数据

星期一没有什么故事可说 / 苏先生著. —天津：天津人民出版社，2016. 5
ISBN 978-7-201-10344-0

Ⅰ. ①星… Ⅱ. ①苏… Ⅲ. ①短篇小说—小说集—中国—当代②中篇小说—小说集—中国—当代 Ⅳ. ①I267

中国版本图书馆 CIP 数据核字（2016）第 084290 号

星期一没有什么故事可说
XINGQIYI MEIYOUSHENMEGUSHIKESHUO
苏先生 著

出　　版　天津人民出版社
出 版 人　黄　沛
地　　址　天津市和平区西康路35号康岳大厦
邮政编码　300051
邮购电话　（022）23332469
网　　址　http://www.tjrmcbs.com
电子邮箱　tjrmcbs@126.com

责任编辑　刘子伯
策划编辑　芮　子
装帧设计　张静涵

印　　刷　北京市玖仁伟业印刷有限公司
经　　销　新华书店
开　　本　880×1230毫米　1/32
印　　张　7
字　　数　150千字
版次印次　2016年5月第1版　2016年5月第1次印刷
定　　价　36.80元

《传说》

——苏先生

爷爷准备好冻结实的井绳
还有缝了细密针边的狗皮袄子
站在场院的大门口滋长开来
手中的打井弯刀向冷硬的天空中一劈
填满冰雪的一冬碎裂开来
左边碎成襁褓，右边碎成棺木
坚毅、不朽、修治

奶奶驮着自己的棉袄，戴着顶针
把所有的繁衍都装到肚兜里，剩下的掖藏到袖袄中
肩头的钮门缝上了线，腰间扎满了加厚的布条
她伸出裹布的小脚踢蹬开来
灌满黄昏的天空瓦解
地上的烟囱开始往上漂泊，地下的老井往下翻新
苍劲、凝练、破碎

父亲持守着刨子、锉刀
扛着长凳和木锯，背着墨斗
将一切铆钉的结构都收拾进脑子
带上椽木和横栋的排列组合，站在山头
墨线拉出墨斗，顶头钉扣在山头
墨线一弹，苍老了的河沟开始搬移
一边翻卷出新舍，一边披挂出麦地
摧残、拉朽、无尽

母亲捧出摇曳的千彩棉线
拴住两条粗麻花辫，掩住自己的长舌
挂起丈长的铁剪，抵住地面
将年轻的往事切除到废墟塘土中
矗立到荆棘树的旁边，将荆棘果挫碎撒出
棉线交错成形，凝结了一整夜的黑暗，被擦抹开来
一抹废墟滚出了红绿，一抹坟茔画成了飞鸟
轻灵、密匝、溅乱

目录

女人的复仇

她的老头先是在三十年前抛弃了她和她的三个孩子。

在三十年后，她的老头抛弃掉另一个妻子，回到自己的出生地，用五年时间消灭掉自己在城市养出的所有习惯，然后死去。

郭兰香用自己的大半生完成了这次召唤。

那时候，你就会看到那个每天蹲坐在那块村名界碑上晒太阳的郭兰香的老头，从一个城里人日渐被同化成一个穿衣打扮、排泄方式、吃食喜好、肉体肤色和郭兰香相同的人。

每次多看一眼，你会不由自主地产生酸楚。

每隔一星期看见老头一次，这种酸楚会成倍增长。

更早，可能时间能追溯到杨子瓮还在杨庄人的口中有个名讳的时候，那时候杨庄仅有两名在城市有工人身份的男性，其中一个的工人身份所属人就是杨子瓮，其实不如说，这个紧俏的名额最大的得宠者是郭兰香。

郭兰香那时候的嚣张简直溢满杨庄的每条宽街和小巷。

郭兰香比其他女人更多的自信来自于她人生的两次选择：一次

选择来自于她选择嫁到离县城最近的杨庄，这一次她明显长出了比山里姑娘多半截的嚣张；第二次是杨子瓮顶上了他爹在城里工厂的名额。

杨庄和郭兰香同龄的妇女用这样的描述来指责她的过去：郭兰香脸上抹着面粉，腰间挎着巴掌大的小包，包的链子长得像驴的缰绳，鞋跟陷进路面拔不出来，她腰带上拴着一疙瘩钥匙，他们家的锁估计得有半粪框。

郭兰香的发声有些奇异，嗓子天生让人生厌，音量大于人能接受的范围。杨庄那几位喜欢睡懒觉的爷们，都曾被郭兰香的声音穿透过脑袋。郭兰香早上干农活只是个形式，这个形式的目的是她想招摇于人前。她喜欢走在最大的那条路上，这条路上人最多，但是这条路是用来分流的，到任何农田区都不近，唯有郭兰香穿着赶集的衣服愿意走大路。当时她也影响了一批喜欢臭美的女人，让她们错误地认为干农活的同时也可以很美，事实上这个错误的结论三四天后就被否定了。

郭兰香每每路过人家门口时都会聊上几句，这时候那些还在睡懒觉的男人们都会听到郭兰香的声音一大早绕在杨庄的雾里。懒汉们恨透了郭兰香。

女人们是喜欢她的，女人们把郭兰香当电视看。有心情了就和她聊聊，太累了就不招她，郭兰香撑着杨庄女人们心里的那个最高生活标准。女人们都藏着自己的期盼，盼着郭兰香还能更加妖娆，这样她们的生活就多了一些空间，郭兰香是来给她们拓荒的。

郭兰香有一个劲敌，那就是另一个工人的老婆——王维斯，这个妖娆的名字背后的女人有一头黄头发，直接打破了杨庄女人对头发颜色的认识。

王维斯是城市住民的后裔，每年会跟着自己的丈夫回到杨庄几次，这几次对于郭兰香来说是种挑战。

王维斯说很好听的普通话，穿紧身的衣裤，有些婴儿肥，说话软绵绵的，不喜欢到处走，只喜欢站在自己家门前的杏树下。

郭兰香喜欢走，她故意从王维斯家门前过来过去。如果王维斯是和自己一样出身的人，她想着她们肯定有很多话语可以聊，但是现在王维斯对郭兰香来说是仇恨，是眼里的刺，她想找她的毛病。

郭兰香晚上睡不着，她做梦，梦见王维斯和自己打架。她第二天就找到了借口，她开始说，王维斯是城里人，干吗嫁给杨庄的男人，肯定是个没人要的破鞋，看她那样子就是个骚货，不然怎么能嫁给杨庄的男人。

刚开始她说的时候还有些怯懦，后来她就加上了一些肯定的证据，比如她说这是杨子瓮打探来的消息，比如说这是她到城里的厂里听其他人说的。

杨庄的女人们信郭兰香多于信王维斯，因为王维斯都听不懂她们说话。

王维斯先生下了一个儿子，然后就学会了铡草，学会了割麦，头上还能包上头巾。能听懂杨庄女人的话后，传递的第一个消息是，她们家的人都死光了，她不回城里了，她就要生活在杨庄了。

郭兰香很满足，说王维斯肯定是个没出息的女人，要是自己出生在城里肯定不会嫁到杨庄来，肯定会活成另一种人。

男人们对女人们的管束，随着郭兰香三个孩子的出生，就这样越来越宽，女人们都感恩郭兰香，是她改变了整个杨庄的男女关系。

此时，杨庄长起来的孩子除了郭兰香的三个孩子外，知道杨子瓮这个名讳的不多了，杨子瓮每年几次回到杨庄时，在杨庄的新生代中只会被默认为这是郭兰香的男人。

杨子瓮的奋斗使得他没有更多的时间回杨庄，每年那么几次回来也只是给郭兰香播上种子，然后进城里等着收成，也使得他有机会进入其他女人的眼睛中去。几年时间他就升了主任。

郭兰香想着自己迟早是要进城去的，等自己男人在城里有了能力，就可以了。郭兰香想着自己也得做好准备，各方面的准备，于是郭兰香就开始学习王维斯说话了。

这时候的王维斯除了口语中还带着几个城里的词语，其余的发音和用词基本上都是杨庄的语言。两人的活法掉了个儿。这也成为后来杨庄人取笑郭兰香的另一个最大的把柄。

郭兰香生的头一个是女儿，长到三岁的时候，基本上可以看出来长大后肯定是个祸害，长得太好看了。第二个是个儿子，兔唇，在杨庄的传说中，吃兔子多就会生出兔唇，这样的罪责背负在每个女人的名下。第三个是个儿子，长短腿。郭兰香对于自己的基因参差不齐十分懊恼。

一个气性甚高的女人有些挫败，郭兰香很长时间中想不明白，自己怎么能生出这样的孩子。

于是她把所有的期望都集中在了大女儿的身上。尽可能地给大女儿穿城里的衣服，吃城里买来的东西，不让大女儿干任何活，扫地都不能扫，要扫也要等过几年进了城，扫城里的地。

郭兰香后来愈加憎恨杨庄这片土地，她觉得是杨庄的地、杨庄的水、杨庄的粮食使得她生下来两个残缺的孩子。

杨子瓮后来一年回不了一次家，郭兰香每当看到王维斯的男人回来时就跑去问自己男人的情况，王维斯的男人会说，主任太忙了、副厂长太忙了、厂长太忙了、我已经被调到技术所了。

郭兰香觉得自己的男人在另一个男人的嘴里越来越远，她决定自己去看看。结果这一去就发现了杨子瓮的肮脏事。

她是半夜到的。郭兰香想起自己后来也是半夜回到的杨庄。她头一次发现杨庄那么美，月光下，每条路都发着光，郭兰香这一夜决定用半生完成一次复仇。

她推开门，看见年轻的女人在上面甩着头发，上下左右扭着身体，能看到杨子瓮的侧脸，眼睛是睁开的，年轻女人脱得很干净，杨子瓮穿着衣服，裤子也在，没有被子。

没多久，等他们完事后，郭兰香推门进去，从那个放钱的抽屉里拿出一沓钱，递给女人，女人显然是没明白过来这什么意思，反映了半天才拿上钱，然后走掉。郭兰香从女人身上看到了她的宿敌王维斯刚到杨庄时的感觉。她心里想的是，男人确实都喜欢这样的女人。女人年轻，长得好看，看拿钱的状态明显也不是出来卖的。

郭兰香想起自己经媒人介绍认识杨子瓮的那一年，自己也心里开着花，看见优秀的男人心里也痒。

郭兰香对杨子瓮说，要是那女人不拿钱，我就砍她。第二天早上，厂子里的几十床白床单从晾衣区消逝，下午的时候，厂子里挂满了写着“杨子瓮偷女人”“杨子瓮王八蛋”的白床单。郭兰香以为她用这种形式可以摧毁杨子瓮的事业，使得杨子瓮名誉扫地。岂料杨子瓮已经不是原来那个生性卑微的男人，他已经长出了坚不可摧的自傲，为了维护这种自傲，他可以毁坏所有东西。

回到杨庄的那晚，郭兰香已经换了另一个身份，那就是没有男人的女人。杨子瓮说他再也不会回杨庄。郭兰香说那你就别想再见到三个孩子。杨子瓮说不见就不见，看你生的那两个儿子，没一个优质品种，谁知道是不是我的种。

郭兰香拒绝了所有来自杨子瓮的汇款，此后的三十年中，郭兰香一直靠着自己，撑住了三个孩子的命。

郭兰香的杨庄时代宣告结束后，王维斯开始兴风作浪了。杨庄第一个商店诞生，它的主人就是王维斯。商店坐落在距离杨庄人人不可不去的水井旁二百米的地方。门口挂着一个牌子，上面写着“王氏百货铺”，这个名字对于整个杨庄算是耻辱，有种外姓侵蚀的象征。百货铺最初的商品很少，只有盐、酱、醋、铅笔、橡皮、牛皮纸这六样东西。

唯有郭兰香从未在这个商店买过东西，她宁可自己走很远的路去更大的商店买东西，也不在自己曾经瞧不起的王维斯那里买。王维斯憋着劲儿，开这个商店就是给郭兰香看的。

王维斯的大儿子早在初中的时候就带领着杨庄的小孩子们溜门撬锁了，没和郭兰香的儿子开始角逐就成了罪犯。王维斯的小儿子倒是给王维斯争了气，年年拿第一给郭兰香看，郭兰香每回都咬着牙打自己的两个儿子，郭兰香还就不信自己翻不了身了。

王维斯和郭兰香的较量就这样明着暗着的。

杨庄的大雾每天都会来临，如果你能早点站在杨庄口外的公路上，那里是雾的边界，你会看到郭兰香拉着一辆车，后面跟着三个孩子，钻出大雾，去县城搭棚卖凉皮。

太阳一出来，大雾消逝，郭兰香已经到了县城。

就是这一碗一碗凉皮，卖出来了大女儿的律师，大儿子的工程师，二儿子的教师。

王维斯曾经的目的是把郭兰香挤出杨庄，让她回到她娘家去，但是郭兰香可不这么想。她醒悟过来是在大女儿要上学的那一年，她发觉自己的人生第二次崛起的资源全部在杨庄，紧接着她把自己当成一个杨庄人来活。

郭兰香要求自己的三个孩子上大学必须去杨子瓮所在的城市。每当一个孩子考上大学，她都会给杨子瓮写一封信，告诉他，他的种是优质的，并且离他很近。

郭兰香从来没收到过回信，郭兰香会告诉自己的每个孩子，他们的父亲在他们上学的城市的什么位置，他们可以去找，可以去看，但是不要叫爹。

郭兰香就这样，每隔几年就派一个孩子去杨子瓮的身边晃悠，等三个孩子全部派完后，她好像缓了过来。那种起初嫁到杨庄的嚣张感有种要复活的气象。

大女儿第一年反馈给郭兰香的是杨子瓮确实又成了家，生了一儿一女。儿子参了军，女儿是超市售货员。

大儿子第三年告诉郭兰香，他儿子退伍了，现在在做保安，女儿现在肥得嫁不出去。

小儿子第三年告诉郭兰香，杨子瓮退休了，天天在家里挨骂，没人愿意养活他，退休金都拿不到自己手中。

郭兰香这一年，头一次走进王维斯的商店，买了一瓶白酒，喝了。当夜喝醉了躺在井边，王维斯关商店门时看见了，把她拖回了自己家。王维斯说，不是怕郭兰香淹死，是怕郭兰香淹死后糟蹋了井里的水。

王维斯可能要恨郭兰香一辈子。

郭兰香的嗓门又大了起来。

她的三个孩子都成了才，离她的下一个目标不远了。

她告诉三个孩子，给杨子瓮说，杨庄有他的根，要是在城市里不舒坦，就回来，这里还有一个家，愿意要他。

三个孩子用了五年时间都在城市成了家，并用他们自己的能力证明了郭兰香的后代的的确确是比你杨子瓮城里的后代强。

这一年，距离郭兰香下决心复仇正好三十年。杨子瓮带着一件行李回到了杨庄，只有一件行李。

郭兰香没有辱骂，没有为难，照着三十年前每次杨子瓮回杨庄时的招待形式伺候着杨子瓮。杨子瓮走在杨庄的路上，大家会说，这是郭兰香的老头，也有人会惊讶，原来郭兰香男人还活着啊。

杨子瓮带着城市的习惯，格格不入地在杨庄生活。所有的挑剔，所有的不适，所有的想改变，都被自己的无能为力压制住了。五年后，他完完全全恢复到起初还没有去城里当工人时的状态，变回一个杨庄土生土长的人，似乎从来没有出过杨庄。

后来杨子瓮需要郭兰香推着车把他放在太阳能晒到的地方，他每每看到王维斯在眼前走过时，都会看她很久。

杨子瓮回到杨庄五年后就死了，死得较容易，瘫痪三个月就死了，入了祖坟。

郭兰香变黑了，这么多年后，她真是黑了，黑得让人可怜，她锁上家里的大门，把钥匙拴在腰间，还是那么大一疙瘩，感觉锁比几十年前还要多了。

郭兰香要去城市生活了，这一年她六十岁，她大女儿给她找了一个老头。

我十二

西北大山深处，有一个镇子，叫集镇。每隔一天会有一次集市，届时人会塞满街道，隔天，那里又会变成空无一人的空街。如果你恰好走在街道上，街道上时常会有风，因为街道离山顶的风口不远，这时候，你会不由自主地看每一个关着的商铺的门或者那些上了防盗钢条的窗户。

这里有我张狂诡异的十二岁。

从北京出发，经火车汽车然后步行，共计二十个小时，到集镇，然后时间往前倒十八年，就到了我的十二岁。山是能住人的石头山和土山的交集，河是雨水汇集成的小河。

十二岁的颜色是潮湿的，使劲儿的话，会拧出水来。

那一年我读完四年级，到镇小学上五年级，世界变大了一块，眼睛里从一个村子变成了一个镇。

同时在那一年，我战胜了苏庄爬树最快的树王，成为新一代领袖，等待下一个挑战者。我的作弊手段确实有点可耻，可是那时候的确有意义。

1.

母亲说父亲回来了，我和她站在我们家门前，看对面山上每天一趟到我们镇的班车停在通向我们家的小路路口，下来五个人，母亲说，快，回家换上你的校服，从小路过去接你爸，你爸四年没见过你了，快！

我沿着小路跑了起来，左边是蓝透的天空，右边是绿草葳蕤的土地，夕阳披在我的后脖子处，火烈得炙烤着我。

每跑过一个人就说，你爸爸在后面，直到第四人说完这句话，我才看到父亲一瘸一拐地走了过来，我上前去迎他，发现他拎着的几个提包我一个也拿不起来。

父亲回家后，第二天才知道父亲的腿烫伤了。

然后在每个雨天来临的时候，父亲和我就跑到河沟的最低处，找个洞猫着，等着上游往下漂东西，捞到的东西找到失主的就归还，找不到失主的就贱卖，卖不掉的就留着自己用。

捞到活猪什么的，算是最大的惊喜。

2.

父亲回来的前一天，我完成了标志着自己成人的一件事情，就是去坝里捞鱼。重点不在捞鱼，在于去过。去过和没去过的区别就是男人和男孩的区别。

坝在一个无人区，四面环山，从家里出发需要走上一个上午才到，然后是持续两个小时的下坡，坝里的鱼不大，却象征着尊严。

坝是危境，不能去。越是不能去的地方越要去，这是百无聊赖的生活中唯一的乐子。

我们是四个人去的，去的时候我把家里一袋新的玉米种子拆了，因为玉米种子的口袋符合我对渔网的想象。用铁丝固住袋口，把家里准备好的系口袋的绳子偷上几十米，这肯定是还不回去了，因为水湿了的绳子会变色，这件事情迟早会暴露的。为什么选择在现在做这件事情，是因为实在等不及了。

我们早上出发的，到了地方就没力气了。往口袋里装上馒头和石头，扔到坝中间，坝太大了，越中间的鱼越大，可能是这样的。馒头是鱼饵，石头是气势。大概十分钟后，第一次看到水蛇，它朝我们这边游了过来，速度和闪电差不多，一探头就到了岸边，吓得我们丢下渔网就跑。跑到另一边，定睛看，发现坝里的水变成了紫色，是玉米种子口袋的颜色。

在我们四个人惊魂未定之时，从一个小洞钻出来一个人，说，你们这些小鬼，又来打扰老子，不想活了。看你们干的好事，你们这样把坝里的水污染了，鱼都死了，法院要判你们的。

3.

钻出洞的这个少年就是后来成为我认识的唯一一个杀人犯——石景。

后来我们才明白过来，石景是住在那里的。大人是没有人去那里的，只有小孩子去过那里，知道石景住在那里。

石景不多一会儿就抓住了那条水蛇，装进了一个化肥袋子里。

他对我们说，看得出你们是第一次来坝上，是不是要抓鱼，还不知道你们都好面子，抓鱼不一定在这么大的坝上，下面那几个水洞里鱼更多。

石景带我们去下面的水洞，果然，几个水洞里的鱼伸手就能抓住，水洞像稠粥，看久了就有点反胃。

石景做完自我介绍，我们就知道了，他就是那个在学校被老师神话了的大土匪。

石景警告我们不许说出他的行踪，不然半夜就到我们家祸害我们，另外打听苏庄苏红的家里，我是不想说话的，苏红发育得太早了，奶子大得吓人，我都不敢和苏红说话的，怕别人说闲话。

石景给了我们五个瓶子，瓶子看得出是从山上的卫生院被雨水带下来的，卫生院的那个垃圾坑就在水渠的边上。

鱼放进瓶子里后变得很欢畅，石景要我把第五个瓶子给苏红。我的小伙伴为了讨好石景，告诉他我家和苏红家离得最近。

我们其他人的瓶子里装了十几条鱼，苏红的那个瓶子里装了两条，我们的鱼都是褐色的，苏红的鱼是红色的。

石景告诉我们，给苏红时千万别让她父母知道。

到苏红家里已经快天黑了，在苏红的屋子里，除了我第一次闻到那么浓的女人的味道外，还有十几个和我手上拿着的一样的瓶子。

4.

这一天，我感觉我像个奸雄，卑鄙却神圣。

5.

回到家里后，发现弟弟没见过紫色的玉米，误食了玉米种子，中了毒。

家里人给他灌了肥皂水，效果不是很大，正打算往卫生院送，我把鱼用衣服捂住，抱进家放在自己的房间里。

弟弟第二天就好了，回家看见鱼的那一瞬间，我看到他的眼神好像也开始了密谋。那时候弟弟的势力已经很大，他已经是六个孩子的老大了。

6.

就在我去观看镇里集中枪毙几个死刑犯后不久，我获得了此生第一套西服，那一年我十二岁。

街道改建后，没有被拆除的半段老街就像秋天的叶子，再也没有了色彩，加之之前老街的街面商铺都是直接用水泥做的墙面，那时候的水泥中土的比例太大，有了新街道的对比，老街就有点死去的气象。

新街上第一个歌舞厅起来后，老街彻底没了人。

母亲为了照顾邻居家小娟新开的裁缝铺，最后决定把我此生的第一套西服交给小娟制作，果不其然，我的第一套西服做毁了。

枪毙死刑犯那天，早上起来时天空中的云层就很重，天气在转凉，旷野上全部变成了空的，似乎已经做好了接受冬的来临。

两节课后，校长吹响了全校集合的哨子，然后宣布，镇里今天集中枪毙犯人，给全校放假，然后学生就像滴开的墨水，流得到处都是，刚刚安静下来的村子瞬间又沸腾了。

7.

死刑犯共计八人，集镇的戏场台下停着两辆军用东风汽车，两个汽车屁股挨着屁股，每个汽车上面有四个死刑犯，这八个死刑犯都是集镇的。他们胸前挂着木牌，牌子上写着他们的名字，名字上画上了大大的红叉，头低得很低，衣服统一，被绑得很死，感觉喘气都有些压力。每个人后面都站着两名军人，带着白手套，表情很冷。听大人在议论，说他们枪毙过很多人。

先宣布罪行和判决，每听见一个名字我都会找到对应的那个人，然后总结出他们听到名字时的反应，得出的结论是他们都好轻松。

然后在台子上的人喊了一句，现在去黑瓦梁执行。黑瓦梁是我们那里的一座山，我们家在山上有三亩地。我在地里时常捡到弹壳，母亲总不让我拿回家。

在这八名犯人中有我熟悉的一位，那就是毒死自己老公和两个儿子的苏粉，苏红的姐姐。苏粉是苏庄出嫁女子中最美的，在外面有了相好的，想离婚，遭丈夫毒打，下毒想毒死丈夫，却不料连自己的儿子也毒死了。

这天我在人群中间极速寻找苏红，没找到。后来我无意中一抬头，看到山梁子上有两个人，仔细看，一个是石景，一个是苏红。

车开起来后，我没有追着车跑，而是沿着小路往我们家地里跑，跑到半中间时，发现苏庄的大人们早早就发觉了我们的企图，他们站成了人墙，阻止任何一个小孩去看枪毙。

似乎他们每年都要这么干一次。

8.

去小娟的裁缝铺试衣服那天，我的心情较为沮丧，裤子合适，但是小娟用的是布头，布头上还印有布的标识，她把标识缝在裤缝那里，这让我无比反感，我觉得小娟太小气，也觉得母亲太大度。小娟说这个可以洗掉，可是这件裤子裤缝那里的标识从来没有洗掉过。

上衣做大了，母亲说长着穿，等上高中了正好。

无比沮丧的我从小娟的裁缝铺出来，靠在被雨冲刷得像栅栏般的泥墙上，赶上初三补课的学生中午放学。

老街上有了些鲜艳的色彩。

这一次是我头一次看到马盼盼。

当时不知道用怎么样的感觉去描述马盼盼，后来才明白，那是对优秀异性的一种自然反应，马盼盼走路是偏着头的，只穿白衬衣不穿外套，白衬衣扎进黑色裤子中，短头发，脖子细长，衬衣白得出奇。

我从栅栏般的泥墙中迅速弹出来，跟上她，发现她不仅有那么撩人的气质，甚至还有一种味道。她最后走进了纸火店。

9.

当晚，我第一次梦到了女人。梦到潜入纸火店，把马盼盼的白衬衣脱掉，然后看到了白天让她的白衬衣鼓起的那双乳房。

早起后，我感觉很耻辱，觉得我成了一个罪人。我跑到老街上，等马盼盼放学，我也不知道自己想做什么，那天我没有见到马盼盼。

暑假快结束的时候，母亲晚上回家抱回来十多张地毯，说地毯厂倒闭了。

集镇的地毯厂是个美女如云的地方，母亲那时候十分骄傲，不久后，母亲就把自己的长头发剪掉，剪成了男人的发型，说这样更适合干农活。

父亲和母亲开始吵架，多数出现在晚上，吵架的时候母亲翻父亲的旧账，父亲有时候动手，母亲也会还手，第二天两人还是会说话。

父亲在城里工作的炼油厂破产后，他捡起来他的木匠活，之后不久借了一些钱，购置了一台大型电锯，在集镇木材市场支起了这台电锯。可能当时集镇上比父亲老的那些人的棺材板都是这台电锯锯出来的。

父亲在集镇的地位随着他的名声就渐渐有了，母亲好像从前段时间的灰暗收回了她在地毯厂时候的自信。

父亲因有木匠的底子，电锯开得相当有水平。

10.

开学后，我每天上学都要经过老街，经过纸火店，无数次看到马盼盼的父亲，黑脸黑皮，毫无生气，纸火做得很差，马不像马，车不像车，完全看不到一点马盼盼的样子，让人不由去想象马盼盼妈妈的样子，却从来没看到过。

马盼盼的名字就是这时候从同学那里听来的，同学家的铺子在马盼盼家的隔壁，卖化肥和种子。马盼盼的父亲生意做得很烂，到一个镇做三年，基本上就没法做了，然后换地方。马盼盼年纪很大了，像她那么大的都高中毕业上大学了，她却还在念初中，学习特别差，和很多男生好。晚上还上舞厅去，被人摸，同学说他哥哥就摸过。

当天晚上我就去了舞厅，小学生不让进去，我站在外面悄悄趴在窗子上，看着里面的男男女女。他们在五颜六色的灯光下，来来回回抱在一起跳着。

当然我还是看到了马盼盼，看到了她还是如同白天那般冷漠高傲，乳房高耸，完全不能想到她能被什么人摸得着。

我正在思量，突然我的后脖子被人卡住，回头看是石景。石景示意我不要说话，我两趴在窗台上，看到马盼盼站起来，贴着一个男的，男的搂着她，手最后放在她的屁股上。灯管变幻中的马盼盼真是好看极了。

这时候玻璃咔嚓一声掉里面去了，石景太使劲儿了，玻璃泥粘住的玻璃被他推掉了。

舞厅门口的人喊了句，谁呀。

我跟着石景撒腿就跑。

跑过新街跑过老街，跑到黑瓦梁。

我胆子大了，我问石景，你这么大的人了，不进去看，在外面看什么。

石景说，太贵，一晚上要十五。女的不要钱。这个舞厅全靠马盼盼吸引人，知道不。

11.

自从第一次早起路过马盼盼家的纸火店，看到马盼盼不系扣子洗脸时露出的胸脯，我就每天早上起得很早，躲在黑暗中，看纸火店那半扇打开的窗透出来的马盼盼，她打水洗脸然后用香皂，再洗，最后出门倒水，然后系上扣子，吃早餐，最后出门上学。

12.

一月后，我看到弟弟他们开始玩那种用输液管和针管组合的水枪。

我好奇他们这些东西来自哪里，打听后他们说这些东西来自石景，是石景做的。获得这种水抢的手段有三种，买、物换、大于水枪三倍的原材料换。原材料就是去集镇卫生院那个废品处理坑中捡。

卫生院的废品处理坑在木材市场的另一边，这时候已经有人看着了，原来是没有这个岗位的，来卫生院捡破烂的多于来看病的，引起了院长的重视。

事情愈演愈烈，石景按照电视剧中枪的样子造出来多种多样的水枪，得到了大范围认可。

最后孩子们都说，石景打算在坝下面的水洞区域举办一届打水枪大赛，大赛获胜的人可以得到“枪王”。

“枪王”由五十个针管和八十个输液管组成，重十五斤，长一米。

弟弟说要参加比赛，但需要一支好的水枪去作战，闹心好几天。

我找到石景，让他给我弄一支，石景提出要求，要两化肥袋子锯末。

我晚上去父亲那里偷偷装了两袋子，无意间听到父亲和另一个女人的对话，女人可能是父亲在城里的同事。似乎父亲和那个女人发生过微妙的关系。

不过后来我始终没等到那个女人第二次出现。

13.

石景挣了不少钱，后来他获得了一把猎枪。再后来他就不住在坝上了，他住到了黑瓦梁那里的一个洞里。接着不久，他在那边的树林子里占地盖了一个房子。

我去找过他，他说打算过些日子去苏庄娶苏红。

后来和杀人犯的石景成为朋友，在我十二岁这一年可能是最值得一提的事情。

石景有羊痫风，一般是半夜发作，发作起来浑身发抖，因此他自己就住在外面，他父母前后去世有三年多了。

大姨家的姐姐私奔一年后回家来了，先到的我家，祈求我父母先去和她父母说说好话，她再回家。大姨和大姨夫早就不认这个女儿了，可父母还是去了。

他们回来后说还是说不通我大姨和大姨夫，让姐姐回家去跪在门前，跪几天，肯定能获得谅解。

结果没几天，姐姐就和集镇新来的破烂王马侯的儿子好上了。

14.

马侯到集镇后的暴富是很让人意外的，没有人觉得收破烂可以致富。

但就是马侯开起的废品收购站吞没了荒废了多年的拖拉机修理站，那个拖拉机修理站从我意识到它的存在起，就是我们用来探险的地方，那种荒废、腐败、神秘、诡异的大厂子，还有几台踢一脚就马上散架子的大型拖拉机，牢牢抓着我们的梦。

其实这里面的那个二层小楼上，住着很多疯子，有些不是疯子的人住在上面，过不了多久，我们也把他们划归为疯子。

似乎是整个集镇在之前从来没有废品收购这样的职业出现，一时之间，集镇上百年的废品就集合了。几个月当中，那个赶驴车收废品的马侯，开上了轿车，集镇第一辆轿车。

接着，集镇的敬老院开始建设了，把卫生院的垃圾坑填上，在上面建起了敬老院。

马力和他爹马侯相比，更像只猴子，那时候的马力中午在集镇任何一个饭馆都可以美美地吃上一顿。

马力几乎成了集镇的第一个帮派头目，他脸上有疤，头发微卷，眼神发恶。

15.

马力很快俘获了歌舞厅里的势力，初中二年级的他基本上可以随意带着任何一个初中的女孩在歌舞厅玩，这里面最快活的就是马盼盼。

马盼盼那时候成了马力的第一夫人，基本上是全程陪同。

马盼盼有种能力，她总是活在变革的最前沿。

寒假快来的时候，集镇上突然卖开了灯花，灯花是夏季有的植物，灯花一般长在阴暗的雨水低洼处，雨天过后不久在水渠冲刷出的暗洞中出现。

这事又是石景干的。

苏粉那个在外面的男人的确有些本事，留了不少技术资料，这些资料现在都在苏红手中，苏红用这些资料和石景建了一个温棚。

石景当初要我偷的两袋子锯末原来是用来造肥料的。

16.

稍微有点钱了的石景，很快就把马盼盼搞到手中了。集镇的人默认的，马力和马盼盼是一种现象，石景和马盼盼应该是一种结果。

寒假到了的时候，我得了一种病，到现在也不知道这种病叫什么名字，症状为太阳出来就晕。母亲带着我让老街那里的神医看过，我头一次知道在老街后面，其实还有一个更加古老的街区，从一个我从来没打眼看过的一扇门进去，有一个宽阔的街道，街道上面有很多商铺，那位神医就在其中。这件事情使我自信心受挫，我以为我知道集镇的所有秘密，却发现原来还有更大的秘密。

得了怪病后，我下午就不上课了。每天下午去黑瓦梁找石景，有时候能看到马盼盼，有时候能看到苏红。

和马盼盼头一次说话，就在石景那里，她给石景做饭，她的声音好听，她做得最频繁的动作是把头发搂到耳后。

我问过石景，马盼盼是什么感觉。石景说，你都还没长毛，不能问这个问题。

得不到答案，我异常闹心。

石景说，这样的女人是必须要尝一次的，可千万别娶。大家都碰过。苏红那样的女人是要当老婆用的，不能让其他男人碰。

我还问过他，你到底喜欢谁?

石景说，马盼盼像灯花，只有雨后有。苏红像蒲公英，风一吹也就没了。

17.

十二岁那一年，石景成为我心目中的大英雄，我感觉他像个世外高人。

马力失去马盼盼后，多次挑衅石景，都失败了。

马力发了邪念，把仇恨转嫁到了苏红那里。

他找人抓了苏红，在还未建成的敬老院中，强暴了苏红。

事情是从马力的小弟嘴中传开的。

大概过了三天，马侯的废品收购站就起了大火，烧了好几天。

接着，马力死在未建成的敬老院中，全身全是钢砂打穿的血窟窿。

18.

石景被抓走那天，苏红在家里正拿绳子捆她妈妈，她妈妈有些神志不清，最近几日总把自己当成枪毙犯人的军人，拿起铁锹就劈人。

石景被抓走后，那一年的雪来了，铺得很厚。

然后听父亲说，以后集镇的法场统一到县里了，石景的死刑执行不会在黑瓦梁。

马力死后，集镇直到那一年春节，再没有出现过收废品的人，马侯也不见了。

后来，我去过黑瓦梁石景的住处，发现时常有人到这里打扫。

天气暖起来的时候，黑瓦梁建起了一个电视转播站，石景的房子被征用了，四面扩了院子，砌了院墙。

院子晚上八点到早上十点有人值班。

每天早上上学的时候，我路过那里，总会偷偷把挂在院子门上的锁偷走，但是当我晚上放学回来的时候会看到一把新锁锁在门上。

然后，我又看到马盼盼晚上的时候就和电视转播站的那个小伙子一同住在原来石景的房子中。

只要我放学晚点，在那个院子外，总是能听到马盼盼的呻吟声，这声音和我头一次梦到女人的感觉是一样的。

因此，他们没人继承

大海在成为一个恶人前，估计也只想做个坏人。

大海的小卖店是下午放学后的冰袋汽水，是每学期开学前的牛皮纸书皮和好看的橡皮擦，同时也是很多人的性启蒙。

大海没有右手，十岁的时候被卷秧机切掉了。他出去踩三轮车好多年，据说裤裆都磨平了，挣下了家当，回来在集镇大戏厂开了个小卖店。因为不认识字，就在上面写着“白火部”。

最早发现大海小卖店秘密的是大鼻涕，他那天早上忘了带铅笔，路过大海小店的时候就去敲大海的门，叫了有十多分钟，大鼻涕就喊，你不开门，我就尿在你门板上，大海这才卸下来一个门板。大鼻涕就看到货柜子后面的床上躺着白花花的一个上半身，肥肉瘫在床上，像流开了似的，有点恶心。

没等考完上午的语文，大鼻涕就已经把这件事情给传开了。

第二天，大海的小卖铺门前就挤满了集镇小学的孩子，等着大海卸下门板。

这次叫了很久，大海没有出来。大海是去秦安县城进货去了。

事情好像就过去了，大鼻涕开始被大家叫成“说谎精”，大鼻涕为了摆脱臭名就天天侦查，好不容易侦查到线索，就叫了大家伙去看。这次那个女的是瘦的，根本没看到白花花的肉，看到的是齐腰的长发和拖地的长裙。从大海小卖店迎着朝阳走出来的是戏子石美丽，秦腔团的一枝花。

后来大家就发现呀，大海的房中出现不同的女人，最严重的一次是被大家发现出来的是大鼻涕的妈妈，大鼻涕的爸爸常年不在家。

后来不久大鼻涕的爸爸就回来了，提着斧子砍掉了大海小卖铺的门板，砍得木屑四溅，稀碎稀碎的，然后点了一把火，烧没了。

第二天，大鼻涕的爸爸被急救车送去了医院，大鼻涕的妈妈给他爸爸吃了耗子药。后来没几天，大海就被抓走了，说他涉嫌杀人，还和妇女通奸，时间不长，有消息说他判了十一年。

于是，大海那个被火烧得黑溜溜的小卖店就在那里张着口敞着，因为地皮是大海的，谁也不敢动。后来，戏厂搞了二次建设，里面开了油坊、磨坊、药铺，就是大海的那个地方还是黑乎乎的，十年了，雨水就是洗不干净，和其他的新生玩意没法子放在一个画面里，看上去可别扭了。

再后来，小孩子们都开始学大海，把一只手藏起来，用另一只手提裤子。学他走路，学他早上拿下门板的样子，大海好像还成了小孩子心中一种纪念。

大海脸有点白，不像集镇的人，我们都曾怀疑过他的血统，估计他娘那边有些外国血统。估计也是因为这个原因，大海从小到大就被女人缠着。

没到十一年，大海就提前出来了，没回来的大海好像是先捎回来的消息。回来后的大海没立刻满足大家一睹其容的期待，大海一年时间没怎么露过面。

某天晚上，就听见轰的一声，什么东西炸了，大家四处找了找，啥也没见到。

第二天早上，才知道是大海炸了他的那个被烧得黑溜溜的小卖店。他在监狱里学会了用炸药，这几年一直在炸煤矿。

第三天，第四天就看见大卡车一车一车往大戏厂里面运砖头、水泥、木材，还来一个工程队，把后面的山体挖了很深一块，在原来的小卖店基础上盖了大大的房子。

几个月后，来了好多女人，穿得特好，据说其中有一个是大海在监狱里认识的富婆。然后戏厂里面马上就热闹了，大海拿个喇叭喊，里面有蛇精可以看，里面有猴子可以看。他们还专门给青年们另开了一个地方，说里面可以随便摸。

于是这次第一个跑去看蛇精的是大鼻涕的弟弟小鼻涕，跑去随便摸的第一个人就是大鼻涕。

大鼻涕的爹被药了后脑子就有点不好使了，天天在马路上拉屎。集镇的老中医曾经看到了说，大鼻涕的爹命不久矣。事实上也是如此，在大海回来后不久大鼻涕的老爹就去了。

小鼻涕是他爹被药了以后生的，脑子也有些问题，比如摸过电门，抓起路面上爬的蛇来就咬，疯癫起来可谓无奇不有，就是死不了。

这一次也许是命，小鼻涕在看蛇精的时候，把手伸进了铡刀，铡栓松了，铡刀掉了下来，两只手就没了。

大海估计是顾念当初和小鼻涕他娘的情谊，送医院治好后，把小鼻涕放在一个大蛋壳里，让他在门口当不倒翁，小孩子来了就用脚踹蛋壳，怎么踹，里面的小鼻涕就是不倒，小鼻涕每天能挣到十元钱。

大鼻涕用斧子来砍大海，大海躲的时候没躲干净，脸上被划了，口子从脸上直接伸到脖子里。

大鼻涕还要砍大海带回来的那些女人，于是大海的生意算是没法做了。

后来不久，大海就招募到三十多个病残的老幼，雇了一辆卡车一起拉走了，走的那天是半夜，又听到一阵轰隆声。

次日早晨，大家看到，大海后来建的那所房子变成了废墟。

大概是四年后吧，大家在电视上看到通报，有一个乞讨团伙被抓，此团伙还涉嫌拐卖人口。

电视镜头中的人就是大海，因为他缺失的右手，很醒目。另外，在那一排人中间，有一个人的皮肤和大海一样白，没有手。大家说，这人不会就是小鼻涕吧，都长这么大了。

星期一没有什么故事可说

就在昨天晚上，费小弟和他刚结婚两年的妻子又进行了一场辩论。

最近的这些日子像便秘了的肠子。

从什么时候开始，费小弟和自己的妻子李秀莲不吵架，而是开始辩论了呢？费小弟也没什么印象。他宁可他们吵架，也不想这样辩论，辩论是两个没有感情的人争强的方式，有感情的人应该用吵架来解决。

也不知道从什么时间开始，费小弟已经疲于和自己的妻子辩论出谁对谁错，每次妻子滔滔不绝地反驳自己的时候，他只是假装很用心地在听。他知道自己那么做是为什么，但是前几次他试图说服妻子听取自己想法的时候，发现那已经不可能了。妻子就像一个英明决策的女王，底气十足地反驳着费小弟的所有观点，费小弟面对妻子的反驳，就像打了败仗的将军，战事结束，战争的缘由基本上没人会在意，说多了反而无益。

为什么会这样呢？因为费小弟的公司一直在走下坡路，以后会发生什么情况，连他自己都不知道，不论是自己正确的决策还是错误的选择，在搭载到一艘即将沉没的轮渡上的时候，连自己都无法自信地说出自己起初做的那个决策是对的，因为没有好的结果去佐证这个事实。

有时候，妻子会拿费小弟的性格说事，放在以前，费小弟会觉得自己的性格还是一种优势。费小弟在妻子辩论后的说教中就会想到很多小说，比如目前的这种情况就很像格非《春尽江南》中的情境。他看着妻子不断张开又闭合的嘴，还会想到更远的事情上去。昨晚就想到自己小时候放牛的情况，判断牛的草肚子和水肚子是不是都饱了，需要先把某个肚子吃圆，作为参照物。

现在生活的参照物是什么？就是谁给家里做的贡献大，谁在家里就有话语权。

隔壁的餐桌旁坐着一男一女，男的看上去像个公务员，皮肤略黑，戴着那种故作斯文的眼镜，因为他的眼神发恶，脸显得略胖，一看他就是长期看报纸喝茶的人。他的那种不合商务气息的傲慢，需要很长的清闲时间才能养出来，在这个餐馆中显得有点格格不入。他对面坐着一个似文艺青年的女孩，约莫读大学的年纪，戴着黑边眼镜，是那种很大很圆的，度数很高，透过眼镜几乎看不清她的眼睛，戴一个黑色花格帽子，皮肤很白，手长得很好看，毛衣裹着的胸发育得良好，她的脸有点婴儿肥，正把一片面包塞到公务员男的嘴里。

坐在前排餐桌前的女士，她拿着菜谱判断了很久后给自己的儿子要了一碗面，侧面看女士是晚来得子，看上去有三十好几了，烫头，牛仔裤使得女士很性感，鸭屎绿的毛衣里面是黑色的衬衣，胸看上去虽小，却很诱惑。她儿子不停地砸桌上的餐盘，基本上坐在周围的人都被她儿子砸桌子的声响吸引过去一遍眼光，有些还被吸引过去两次，但是女士丝毫没有阻止儿子的意向，这让周围的人都在把目光移开她的那一瞬间全部统一变成了嫌弃。

这时候又进来两个学生样的女孩，羽绒服加牛仔裤，双肩背包，腿都很细，说话还处于细声慢气的阶段，一看便知还没有被领导奴役过。她们点了两碗饺子，静静地坐下来玩手机，偶尔发出一句感叹，是看到了一些惊讶的新闻，发出一些自己的唏嘘。

费小弟距离他第一次有想走出农村的生活来到城市的念头，已经有八年的时间了。他想起那个激素分泌旺盛的高二夏天，父亲在银川的工程队不景气，回到老家休息了三个月后，闲不住，到老同学的砖瓦厂给二十人的砖瓦厂做饭。砖瓦厂早就不做瓦了，现在专门生产红砖，供应给正在大肆吞噬耕地的楼房住宅区，仅仅在费小弟上高中的三年，一座三万人的小县城，盖起了六个十栋楼的住宅小区。

费小弟并不想去那个砖瓦厂看父亲，虽然那个砖瓦厂距离自己上学的一中骑自行车二十分钟就可以到达。他还是更喜欢和他们班的陈静远一起去县城新华书店的二楼看书。费小弟第一次知道余华是陈静远告诉他的，后来费小弟比陈静远更痴迷余华。陈静远后来上了一所师范学院，毕业后找了好多关系去了一个村子里面教书，费小弟和陈静远的友谊仅仅在于喜欢余华这件事情。

每次周末回家，母亲都给父亲收拾一些衣服还有吃喝的东西让费小弟带给父亲，费小弟总是借口没时间去。费小弟的家在县城下面的一个镇里，一中和砖瓦厂在县里。

费小弟看到前面餐桌女士的儿子后，觉得自己也该有个儿子了，结婚两年了，一直不敢要孩子，看网上说现在要个孩子得二十万，费小弟现在没车没房，在北京和妻子租住在离上班半小时车程的地方。母亲每次打电话来，总是提醒费小弟说，你同学谁谁家又生了孩子，是个女孩，有时候会变个说法，说，你和秀莲年龄也不小了，你没什么事情，可是秀莲会身子重。

接完母亲的电话，费小弟会跑到卫生间上个大号，这种减压的方式是他无意中发明的，对他来说行之有效。他还喜欢在烦心事多的时候洗澡，洗澡仅仅是为了把事情在花洒流出的水中分拣得更细致。

费小弟一边吃着自己要的拉面一边看着女士的孩子，想着自己的心事。看着四周的陌生面孔，想起每天上班进入写字楼的电梯中，每个人按下自己那一层的按钮，然后按照自己楼层的高低，自觉排好距离电梯门口深浅，电梯关上门的那一刻，一天好像就在这一刻开始苏醒。费小弟总是站在电梯最里面，他现在上班的公司是这栋楼的最顶层，一想起这些费小弟就觉得生活真是没什么新鲜的意思。他吃完这碗面的时候正好下午三点，他看了看手机，打开豆瓣阅读的 APP，接着看起了路内的《追随她的旅程》，这部小说写得很动人。每天下午三点左右再吃一顿，已经是费小弟坚持了两年的臭毛病。

站在电梯最里面有好处也有坏处，好处就是不用来回挪地方，挪地方让人出电梯这个动作很讲究，有时候挪一次就行，有时候挪来挪去，找不到一个合适的位置。每次电梯一停，自己就得挪一下，这样的感觉很不爽，灰头土脸的。费小弟庆幸自己不用费脑细胞去考虑这些问题，他每天就像研究动物园的猴子一样研究着人们的这个群像。坏处很多，遇到那种喜欢用香水的女人乘坐同一部电梯，直接能把人熏死在电梯中，有时候碰到那种死命往里面挤的人，最里面的人也很受罪，挤得像个孙子。

费小弟第一次见到乳房，成熟少女的乳房，是在2000年，那一年他上初中一年级。也是那次，他明晰地感觉到自己身体的某个部位是不受自己控制的，是受眼睛和耳朵控制的。在见到乳房的第二年，他曾经无意中用手触碰了自己的那个位置，他头一次感觉到了一种强大的、摧城拔寨的刺激和满足感。在触碰自己那个位置的那一瞬间，费小弟的脑子满是那一年在井口看到的那双雪白的乳房。那双乳房就像母亲在每年农历三月初三蒸出来然后用筷子蘸上红墨水点了红花的馒头。

这一天，费小弟挑着自己家的两个水桶去村里唯一的水井取水，这是晚饭的用水。为了防止去得晚了挑回来的水有泥，需要沉淀后才能做饭，于是每天下午每家都会留下一个人早点守在井边等水。这一年，费小弟刚刚换掉了两个小水桶，挑上了大桶，换大桶的决定来自他决定自己要剪个分头的那一天。

费小弟考取初中那一年暑假去镇里的理发店剪头发，那是费小弟第一次去镇里的理发店剪头发，最先那些年他的头发不是父亲用手推子推，就是母亲用剪子剪。父亲的推子不滴煤油的时候特别拔头发，拔得费小弟眼泪直流，但是推出来的好看。父亲不在家的时候，母亲直接用剪子剪，去学校会被女生们说成是狗啃的，费小弟特别不喜欢女生说自己，因此他宁可受疼，也要用推子推头发。

这年费小弟考取了全学区第一名，他爷爷给了他一百元作为奖励，他决定换个发型。费小弟决定换发型是因为他每次放学路上都能看到初中的学生们都是有点儿长头发，然后左右分开，而自己的头发是一整片，从来没分开过。费小弟觉得初中生应该有初中生的发型，他很早就下了决心，等考上了初中，就去换个发型。整个镇里有四个理发店，三个男理发师和一个女理发师。费小弟思考后，去了女理发师的理发店。原因是那个女理发师是他同学的姐姐，这个姐姐自己也多少算认识，不过自己还是有点不好意思，去理发店感觉有点臭美的嫌疑。费小弟对于女性的信任高于男性，他决定把自己的这个具有象征性的发型交给女理发师。

理发师在给费小弟理完头发后，说了句，有了这个发型，你已经是男子汉了。费小弟看着大镜子中的自己，突然想到，在同龄人中间要证明自己是男子汉的标准，就是把小桶换成大桶。小桶换成大桶拼的是力气，可是井在低处，自己家住在高处，挑水的力气是有了，可是个子不够，铁皮的水桶咣咣当当地往路面上撞，没几次，桶就被撞漏了。

最让费小弟接受不了的是，李秀莲拿两年前他和朋友合伙开这个公司说事。李秀莲说，你起初不是说只是帮朋友忙吗？怎么做着做着就干了两年，你这人就是这样，做什么事情都没个准主意。那时候我说，你别和朋友搞什么公司，踏踏实实上班多好，你能力也不差，还在大公司做得好好的。

每次说到这些的时候，费小弟不知道该说什么，要是自己说了，李秀莲会更加起劲，那么这个晚上就别想睡好了，索性就让李秀莲说吧，自己听着就是，他本不想做出任何对应，可是李秀莲还一定要费小弟应答。费小弟回家吃完饭后，有个习惯，他会拿起放在床头没看完的短篇小说集接着看，最近他在看格非的《相遇》，正看到那篇经典的《褐色鸟群》，这个小说里面“棋”的这个名字像极了费小弟现在的生活，特别膈应人。

费小弟从上一家大公司辞职，加入朋友的这个创业团队中，当时是被那种做自己想做的事情的激情所诱惑，这种激情就像一见钟情时看到的女孩，力量无穷。让费小弟现在再重新选择一次，他还是会毫不犹豫地再这么干一次，没有任何能阻挡他。创业初期谁也不会想到两年后公司开始走下坡路。当然每个人都想把这件事情做好，谁也不想把这事情做得越来越糟。他们这间公司正赶上互联网冲击传统媒体的时候，新型的营销宣传方式的多样性，让很多中小型企业也能花得起钱做一些营销工作。早先只有上了规模的公司能在报纸、电视上打广告，而现在，任何公司都能选择和自己业务相匹配的营销方式。公司成立初期，费小弟他们的业务还是相当不错的，每个月的利润也在不断上升，大概做了一年以后，行业内部的不良竞争开始了，也是由于行业门槛太低，大家都开始无良无序地争单子抢业务。

大概过了一年，公司开始裁员，剩下的人也一个人顶三个用，公司的气氛开始慢慢紧张起来，人心也慢慢涣散，动不动就有一个人来辞职，说其他公司开出了高薪，这些费小弟也觉得正常，请员工们吃散伙饭，并祝福去了好好干，以后还是同行，说些冠冕堂皇鼓励的话，有些员工也说过，费总，你能力这么强，去任何一个地方也比现在待遇好啊。费小弟就应付一句，哎，我习惯了我们这种小公司，在大公司处理人际关系觉得头大，你们去了大公司记得兄弟我哈，有什么业务能介绍的介绍几个。

就这样，公司的人换了一茬又一茬，但是辞职的员工没有几个说费小弟坏话的，还有很多特感激费小弟把自己带入行，费小弟的公司从第二年开始基本上招聘的都是应届毕业生了，应届毕业生待遇要求不高，勤奋上进，但是需要人带，带人这个担子就落到了费小弟的头上。

李秀莲自从结婚以来，大约每次吵架，都是因为李秀莲觉得婆婆不重视她，费小弟也解释过很多次，但是李秀莲从未保持耐心听费小弟解释完过一次，李秀莲的耳朵像长上了耳塞，对于费小弟每次推心置腹的话，总是没有任何理睬。费小弟也琢磨过，怎么样能让李秀莲静静地听自己说一说，把她绑起来，或者把她的嘴堵上。每次费小弟说点什么的时候，李秀莲总是搪塞、反驳、不屑一顾，有的时候还轻蔑、嘲笑。其实费小弟也知道，李秀莲把工作上的优越感全部植入到他们夫妻的感情中了，费小弟觉得这种气焰再接着燃烧的话，他们的夫妻感情就要被烧焦了。

费小弟经常去回想，是什么时候李秀莲开始变得不愿意花哪怕一分钟来静心思考，找遍他们所有的以往都找不出这个起头。费小弟觉得妻子变成这样，自己也是有责任的，他们谈恋爱的时候，都把对方当成倾诉对象，那时候他们是相互理解对方的；结了婚后，他们把对方当成了抱怨对象，这时候他们变成了相互谴责对方。一想到这些，在生意上精明缜密的费小弟就慌乱不堪，每个夜晚躺在黑暗中，他总是狼狈得像条落水狗。

李秀莲自打结了婚后，脾气就像被施了肥，蹭蹭地长。在谈恋爱的时候，两人还相互掩饰着、压抑着、扬长避短地把好的一面给对方。结了婚之后，两个人都开始变了，费小弟从一个脾气暴躁的人变得温顺，李秀莲从一个温顺的人变得强势，一点委屈都无法包容。

这种细微的变化，慢慢地，慢慢地，一天天就积攒起来了，突然有一天，费小弟发现这些被自己和李秀莲放任恣意长出来的斜枝，要去修剪已经来不及了。有那么一刻，费小弟觉得对于工作上的任何不良的矛头，他都是敏感的，发现后能立马处置妥当，现在却拿自己和妻子关系中的这些不良物束手无策了。就像一个有良好艺术修养的大厨遇到了一个卖肉的屠夫，实在是没有办法把一种饮食的文化讲给一个原材料的粗加工者。

费小弟在家庭里的作为能力差到了极致，他觉得自己面对着一台前所未有超出自己想象能力的机器，不知道在哪个按钮上开启这台庞然大物，抓心挠肺般熬人，他觉得自己在家庭里面的影响力几乎达到了微乎其微的地步。他深知这种状态是不宜的，是迟早要出事情的，但是就现在这种情况，还是不碰为好，一碰即可爆炸。

他也经常想李秀莲的好，李秀莲是那种极其聪明的女人，有良好的修养，优秀的语言表达能力，极强的逻辑思维，这些东西用在工作上，可以让她轻松获得成功，表现在家庭上的能力就是极其顽强的整理归置能力，还有无比刚毅的研习能力，外面吃过的菜，只要李秀莲吃一次，回家后第二天买到一样的菜，她就能原模原样地做出一道。有时候费小弟挺心疼李秀莲，看到她下班后累得像废了一般，看到她受了委屈回家躲在被窝中温柔得像只小猫，眼里含着泪花。费小弟经常会上去安慰一下，但是一旦开了头，李秀莲就开始哭上了，如果不去安慰，显得有点没有人性。这时候的费小弟觉得这是这个世道的错，也是自己的错。

李秀莲有时候会接受费小弟的安慰，哭完了，两个人抱在一起聊聊天，大多数时候两人会做一次。哭完的李秀莲柔软无比，费小弟上手抱一会儿，李秀莲就全身酥软，像个等待被爱的小女人。反之，李秀莲不接受费小弟的安慰，没接茬费小弟，就会谴责辩驳费小弟的安慰，说费小弟说得轻松，说得简单。在安慰人这件事情上，安慰者给被安慰者的那些话基本上都是和事情相反的，只是为了宽心，要是论起对错来，十有八九是错的。要是李秀莲这时候上纲上线，他们基本上又要开始冷战一夜了。

费小弟在自己的那个大铁皮桶漏了后，也不敢直接跟父母说，这是他主动要挑的，一对铁皮桶除非井绳断了掉井里，不然一家人基本上能用几十年，这下子被费小弟逞强给杵漏了，让父母知道了准没什么好果子吃。费小弟想起更远以前的事情，那天傍晚收完麦子，父母让费小弟拿着两把镶刀刃的镰刀先回家，费小弟一路戏耍没注意，丢了一个刀刃，第二天父母要磨刀刃再去割新麦子时才发现，父亲倒是没生什么气，母亲却来了气，让费小弟去找，找不到就别回家了。费小弟知道依着母亲的脾气这时候要是不去找，自己又要挨打了，他便沿着昨晚回来的路一路走一路找，这时候已经日上三竿，哪怕是丢在路上，也被路人捡了去。费小弟知道母亲为什么这么生气，这几年家里光景不好，一把刀刃那时候卖十二元，这十二元需要母亲编织四十个麦辫才能换回来，四十个麦辫需要母亲编两个月的时间。

费小弟一边在路上找一边想着自己真是该死，找不到不知道怎么向母亲交代。想起母亲每天晚上不舍得用电，摸黑在夜里细细碎碎编织麦辫的样子，就觉得索性自己死了算了。于是他在回家路上找了一个很高的峭壁，他想着从这里跳下去肯定就能死了。他站在上面，有点害怕，但是和回家相比，还是这里简单多了，于是他就从那里跳了下去，在空中形成了一个弧度，他觉得自己跳得够远，到底的距离没有想象中那么远，一下子他就落地了，落地后他只觉得自己的脚底有点麻，自己的脖子好像被闪到了，身体的其他部位完好无损。这时候他觉得自己已经死过了，脚底下的土好软好松，两个脚印被布鞋踩得相当深，他转身往家里走，走到家里发现父母已经下地去了。

晚上父母回来，再也没有提起这件事情。想到一对水桶需要母亲一百多个麦辫来换，他死活也不敢往下想了。赶驴到涝坝喝水的铜钱看到费小弟的桶漏得稀里哗啦，就趁着驴打滚的时候，跑过来给费小弟的桶里扔了两把土，没多大工夫，桶就不漏了。铜钱给费小弟说，这办法只能治理小眼，你的桶眼再大点就加点石子，要是石子也堵不住，那就只能去修了，不过还有个简单的修理方法，就是找个塑料，点着了往漏水的眼里灌，灌到这个眼被堵上了，等塑料凉了，就可以。费小弟想起自己更小的时候，在镇医院的窗台上偷着拿回来的注射瓶，他剥掉上面的铝皮，拿掉橡皮塞，用火钳子夹住然后塞进炭火正红的炉子中，玻璃瓶会先变成蓝色的火焰，从火膛里面往外飙，然后把火钳子拉出来时，会看到玻璃瓶幻化成各种奇异的样子。

回家后，费小弟把两桶水放到厨房的台阶上，等水沉淀清澈了，把清澈的水倒进大水缸中，把桶底的浑水倒进院子里的花坛中。过了几星期，他发现浑水竟然把花坛浆住了。原先四大桶水就能装满一缸，而现在两半桶清水倒进去，水缸四分之一还不到，费小弟又拿起水桶朝水井去了。

隔壁桌上学生模样的两个女孩子很快就吃完了，因为餐巾纸要收费，她们中途喊了一次服务生要纸，被告知要钱。她们鄙视完这家餐厅后，拿出书包，找了半天也没找到一张面巾纸，随后她们就混合着恼怒和羞涩离开了座位。随之而来坐在两个学生座位上的是一个少妇，体态较瘦，有那种富日子里面养成的慵懒。坐下来后就开始讲电话，由于声音太大，靠得又近，费小弟不得不听进去几句。

这位少妇大约是在给自己的闺密打电话，抱怨自己的丈夫现在不给自己独立生活的空间，说前两年自己每天一个人在家，丈夫每天在公司忙前忙后，一直见不到人，半夜回来已经累得半死，今年丈夫把公司交给了职业经理人，现在每天和自己一样宅在家里，她下午想出去风流一下也不敢了。

费小弟想想自己目前的生意，他其实最想给李秀莲的生活就是这样的，想让李秀莲闲着，想做什么就做什么。但要是李秀莲变成自己眼前这位少妇的样子，自己打心里就不舒服了，费小弟这时候还一厢情愿地想，李秀莲才不会变成这样子。

大约从上个月开始，李秀莲下班回来得比较晚了。刚开始那几年，李秀莲处理完事情，就早早回家，学了很多新菜，还为费小弟列了食谱，照着食谱往下做，做完饭等费小弟回来，端上桌，看着费小弟狼吞虎咽地吃完一桌子菜，李秀莲才满意地移开眼睛。

李秀莲下班后站在公司楼下的车道上，左思右想，唯一不想做的事情就是回家。家里很压抑，这种压抑来自费小弟已经不是以前那个有很多怪毛病，有很多怪想法的人，而是变成了一个大马路上随时就能遇见的那种人，费小弟对于生活谨小慎微，甚至都不敢得罪任何一个和自己的生活有点瓜葛的人。李秀莲想过，生活圈子可以变，为什么要积累，为什么要这么一成不变呢，完全想不明白那么胆大妄为的费小弟现在居然变成这样，还不如自己再找一个男人。

一想到这些毫无生气的生活，李秀莲就更不想朝家的方向多走一步，怯生生地想逃开。有时间碰巧遇到同事了，叫上去吃个饭，遇不到同事，自己就在路边的小吃店磨叽一会儿。

李秀莲回到家时，费小弟经常在回家的路上买几个包子吃过了，费小弟从小喜欢吃三样东西：黄瓜、土豆、包子。恨不得天天吃，甚至经常吃土豆馅的包子，直到现在这个习惯还没有丝毫动摇。对于这三个喜好，李秀莲起初认为这是费小弟的特质，可是后来慢慢地觉得这三个喜好无比烦人，甚至很讨厌。像一个一开始百般不得的东西，费尽周折得到后，发现并不是自己最喜欢的。李秀莲觉得费小弟对于她的那种当头一棒的吸引多过经过生活蒸煮后的烦腻。没有一个人能在生活中随时保持新鲜感，李秀莲也想过她是不是有点太过分了，可是她对别人不这样，就是想费小弟应该不像其他人一样，结果经过几年还是活成了和其他人一样的人。

一旦李秀莲想到这以后的以后，两个人都会变成自己口中、眼中、脑中那种反感的、不屑的人，那一丝的不悦就会变得很重，像阴天天空囤积的云，难受至极。

费小弟想想自己目前的生意，正常维持公司的运转都有点勉强，合伙人好几次都想放弃，费小弟还是说想再坚持坚持，毕竟现在做一番事情还是很不容易的。相对来说，合伙人还是挺靠谱的，基本上每次资金紧张，都是合伙人利用资源解决。现在只得硬着头皮做下去，没有什么退路。

倒是合伙人现在已经着手在找买家了，这件事是合伙人和买家谈得差不多的时候才告诉费小弟的，合伙人给费小弟也找到了下家，下家是他们原来的客户，给的薪资是现在的1.5倍。这个条件相当好。费小弟问合伙人真是要卖掉公司吗？合伙人说干得实在是太累了，卖了吧，正好现在还有人愿意接这个摊子，万一以后想卖，价格没现在好不说，还没准就没人接这个摊子了，到时候损失就会很严重。

费小弟也没什么话说。这样一下子担子就轻巧多了，这件事情回家和李秀莲说的时候，李秀莲却很轻描淡写，对于费小弟的这个事情，李秀莲到现在基本上只是想着一件事，就是费小弟的收入不要下滑，持平或者上升就好。

李秀莲起初上班的时候，晚上回家会和费小弟抱怨白天公司的各种不如意、各种委屈，甚至有时候会哭上一哭，哭完就睡着了。渐渐地，费小弟听不见李秀莲的抱怨，而是听到了李秀莲的各种炫耀式的反抗。费小弟知道李秀莲在适应生存，这是个好事情还是个坏事情，不得而知，最后的最后，他听不见李秀莲的抱怨了，看到的是一个抵御各种压力和麻烦的女强人，是被动的改变。费小弟上高中的时候想过这样的情景，自己和自己的老婆某一天因为生活而变成两个陌生人，都变了，对方却没有来得及重新认识自己的爱人。哎，这样的东西在文学作品中给我们展示了很多，但是我们每个人第一次看到后都会有一种侥幸的心理，觉得这样的事情不会发生在自己身上，万一发生在自己身上，自己也会有办法及早处置。至少费小弟以前这么想过，可是这样的事情眼前就在发生着，而费小弟依旧把自己当作小说来看，束手无策。

面馆里的人走得所剩无几了，讲电话的少妇吃完一碗面，坐在那边长吁短叹，女士带着孩子离开有一会儿了，这时候打量少妇，少妇以前估计也是个麻烦的女人，看上去并不好惹。往常这个时候，费小弟就会离开这里，而今天是星期一，费小弟习惯性地多待一会儿。星期一这一天多数人要负担两天的工作量，来自公司新的指令，来自客户新的需求。李秀莲在星期一这天晚上回家后，就会像一台跑废了的机器，回到家立马就会睡着，需要两到三小时恢复生气。

费小弟在小学二年级的时候，还有点豪气，结交了几个小伙伴，小伙伴之间用以传递感情的是白面饼子和洋芋包子，几乎每家都有这两样东西，拿出来给大家分享，大家都觉得你是交心的。随着时间的增加，这种东西已经渐渐没那么有吸引力，费小弟想了很多办法来增加这种感情引力，最终都没什么结果。索性一次下午放学，走在盘旋在村子山梁子上的沙路上，这条沙路的另一头连接着的是每个小伙伴长大以后的希望。

小伙伴们都知道每天下午三点会从很远的地方来一辆班车，班车上的人来自全国各地，甚至有些来自其他国家，但是他们要来到这里，必须通过这辆班车，也必须通过这条沙子路。那时候的沙路沙子很厚。被雨洗过的石头，大的在大道两侧，小的则在路中间。费小弟有一个木盒子，这个木盒子以前的功能是父亲的钉子盒，里面放置着一块很大的磁铁，磁铁上面依附着大大小小的钉子，看上去像个刺猬。最后父亲的木匠生意受到外来科技的冲击，父亲改行做了装修，这个钉子盒就被遗忘在隔壁院子废弃的房子中，费小弟拿到这个盒子的目的只是想存放自己沿着马路捡回来的石子。

石子在雨后会变成精灵，有些上面有奇异的纹路，像远古的文字；有些上面有奇异的图腾，像被施以魔法的工具；有些上面有诡异的色彩组合，甚至超出电视机的色彩想象。于是这样的石子越来越多，费小弟甚至还见到了一些刻有爱情宣言、仇恨宣言的石子。他不断给每个石子赋予一个背景故事，想象这些石子以前被丢在角落，然后被雨水带到河中，再经过各种奔颠，来到自己的盒子中。

就是有这么一段时间，费小弟喜欢下午放学后沿着马路走，有时候他想就这么一直走，走到自己想走的地方，想到的地方，并不具体，只是追求一种新鲜感的刺激罢了。可是走不到，半路饿死了怎么办，这种对于贫瘠的恐惧对他来说，那时候还是一个很大的压迫。

当那个盒子抱起来时已经很费力的时候，费小弟已经把这些石子的故事看了无数遍，他想着可以在某天把这些东西赠予某个陌生人。随后对于马路另一头的向往，在时间的叠加中变得没那么亲近，却越来越急迫。费小弟实在无聊透顶，这个向往开始慢慢变得现实起来，开始分解成一二三。

第一步就是能找到一个交通工具，分解成一二三后，费小弟的急迫感又加强了不少，像是浇上了油。奇迹发生在一个刮大风的傍晚，费小弟比往常走得要远，几乎走到了自己熟悉的上一个终点已经无法出现在眼中的新终点，每次他开辟新终点都是目力所及前一个终点，每当开辟出新的终点，费小弟会站在那里费力地记住这个地方。而这次，因为他的走神，他竟然多走了。

大风起来时，更让人慌了。费小弟远远看见一辆翻斗东风汽车驶了过来，越走越近，绿色越来越抢眼。汽车像横行霸道的村痞，占满了整个路面，气势汹汹地开了过来，驾驶室中的人没有一点表情。费小弟第一眼看见的是那双戴了白手套放在方向盘上的司机的手，费小弟心中无名地泛起一种嫉妒，没等到这个情绪注满时，汽车已经抛起了尘土，把屁股留给了费小弟。

费小弟捡起一个不大的但是足够能使上气力的石子，象征性地朝走开的汽车扔了过去，费小弟本来没想砸到汽车，万万没想到汽车突然一个刹车就停在了那边。石子就这样恰如其分地在抛物线的末尾砸在了铁皮上，当啷一下子，傍晚的石子路和汽车还有村野，都安静下来，来势汹汹的汽车熄火后显得安静得不自然。

时间停顿了几秒或者是费小弟大脑空白了几秒。只看见驾驶室中的人走了下来，费小弟没想跑，还是好奇地站在那里看着。

司机让费小弟走到汽车跟前去。费小弟像着了魔，走了过去，司机打开副驾驶的门，让费小弟坐上去。

汽车朝着费小弟家的方向开了起来。费小弟起初是疑惑的，这位司机要把自己怎么样？随着自己在汽车内时间的延长，费小弟看见自己一路一路走过的那些终点，汽车给予的费小弟的速度让他产生了绝望，原来自己那么努力突破的事情，在速度提升后，是这样的轻而易举。费小弟紧随而起的是恐惧，难道这位司机要把自己带给自己的父母？这是一种最糟糕的结果了，费小弟转头看了这位司机，中山装白手套，一脸严肃，驾驶室里面充斥着西瓜的甜香。费小弟实在不想这件事情的结果变成父母的又一次谴责，于是他的内心中升腾起一种耻辱的、委屈的、无法排泄的东西，不想去请求这位司机，也不想让父母知道这个事情。没等费小弟把这个事情琢磨明白，汽车已经到了费小弟家的村口，汽车停下来。司机打开了费小弟旁边的车门，让费小弟下去，并嘱咐了一句，让费小弟早点回家。

他的疑惑加深了很多。

面馆里面又进来的女人替代掉了所剩无几的几个人给费小弟带来的无聊感，女人坐下后开始了一场长时间的通话。女人在电话中说自己每天没事做，给电话中的对方说，他们家亲戚给自己介绍的对象，关键词有博士、医生、小老板，出现了几十种职业，看女人的优越感，她家应该是三代以上没有因为生计而发愁过的。

正当费小弟对着这个百般抱怨全天下无一优质男的女人的时候，进来一个身材瘦高的女士，大众脸都不值得定睛一看，唯一能让人值得多看几眼的是T恤衫上一个很别致的图案。因为女士身材单薄的缘故，图案显得特别别致，再仔细看，图案像极了费小弟收藏的一块石子上面的图案，这个发现让费小弟血脉贲张，费小弟甚至有了生理反应，这种邪念费小弟曾经有过一次，当他们公司的策划经理将一个漂亮的策划案交与费小弟的时候，费小弟因为这么漂亮的策划案也有了生理反应，对那位策划经理。

真是邪念啊，怎么可以有这样的反应，费小弟深刻觉得心里住进去了一个自己都管不住的人。

图案的偶遇，让费小弟的眼睛一直伴随着这位身形单薄的女士，令人意想不到的是这位女士竟然久久站在那边目不转睛地看着费小弟。费小弟此刻有些怯意，他猛然才发现，他盯着的这个图案原来在女士的胸前，这个不礼貌的行为估计惹怒了这位单薄的妇女。她径直走到费小弟面前，费小弟发现女士走近自己的那一刻起心里开始翻江倒海，不知如何处置。

女士走近费小弟，问费小弟怎么在这里，费小弟抬起头仔细辨认，原来这人是韩凌霞。

费小弟上初一的时候见到的那双迷人的乳房的拥有者来自他们村最漂亮的女孩子，这位女孩子的父亲的特殊之处源自他是费小弟他们村子唯一的外姓，加上姓氏的另类和长相的出众，这位美丽乳房的拥有者在同龄人中间大放异彩，这位女孩的母亲有了更大胆的想法，娶她女儿的同时需要给女孩的弟弟解决工作问题。弟弟的名字叫韩小亮。

那双乳房的迷人程度解决了费小弟截至目前对乳房的所有幻想以及审美标准，甚至费小弟觉得李秀莲的乳房都及不上井边那双乳房的诱惑。那一天，初三年级的韩凌霞也在井边取水，她看到毛小子费小弟挑着两个大桶来到井边，于是先帮费小弟取水，费小弟站在韩凌霞的对面看到了弯着腰从领口中露出的乳房。

韩凌霞在井里的倒影中看到了费小弟的“不法之举”，费小弟隔着井口伸直脖子、皱起眉头，眼睛快要钻进韩凌霞的胸口。老天很照顾费小弟，周六的下午韩凌霞洗了唯一一件内衣晾晒在院子的铁丝上。韩凌霞怕突然的责难会吓到这个毛小子，对于费小弟这个行为韩凌霞已经在学校领教过了，就不那么气愤了，反而觉得这个小子倒是有点意思。父亲早逝，韩凌霞对于男子都有一种过分的期盼，也是这种期盼，让韩凌霞身上发出一种另类的信息。这种另类的信息好像对其他男子说着什么。

韩凌霞在井水的倒影中看到费小弟的作为，只是笑了下，觉得老天对这小子真好，不但有人给取水，还有好看的东西给他看，这小子命真好。取完水，费小弟的脸上已经出现了红晕，不好意思地挑着两桶水逃跑了，韩凌霞最后还嬉笑着喊了一句，让费小弟慢点。韩凌霞比费小弟大四岁，初三读了三年，现在还没个出路。

母亲在费小弟三年级的时候生了一种病，这种病所有人在以后的日子从来没有提到过。母亲去了她一个姐姐家，这个姐姐远在东北的一座小城中。费小弟从三年级到五年级同学给他的定位是没有母亲的孩子，但是费小弟从来没有这么想过，于是那些流言在费小弟这里变成了纸屑，没有一丁点信息量。这几年父亲没有办法出门打工，家里的饭几乎没有一点油星子，开水煮白面吃了好几年。

慢慢习惯没母亲的日子，数学老师的办公室中，费小弟的大拇指露在外面，数学老师问到费小弟母亲的去向，费小弟说去了外地，几年时间没有回家。第二天接到村里人的报信，说母亲的电话明日中午打到镇里唯一一家文具店，叫父亲去接。费小弟在家中等到半夜也没等到去村里给其他人家做木匠活的父亲，于是撕下语文作业本上的一页纸给父亲留了字条。

第二日五点起床，赶二十里山路去上学，看到父亲在桌上的字条上留下的一个好字。

晚上父亲给费小弟说母亲在那边身体好转，但是似乎不是很想回家，外面挣钱容易云云。父亲这一晚抽了比平日多的烟，并要了费小弟几页作业纸和笔，说要写一封信。

大约三日后，父亲给费小弟拿来了正反八页纸的信，让费小弟自己誊抄一边，信的内容从这几年的生活写起，写到费小弟如何想念母亲的情景。这封信在三日后由父亲寄出，大约在这封信寄出半个月后，母亲回家了。到家那晚的第一件事就是拿出那封信，母亲说到她姐夫和姐姐看到这封信后的第一个念头就是马上把她送回家。

父亲的这个手段在以后的日子中给费小弟留下了魔术一般的神秘。信件的内容越来越模糊不清，但是费小弟对于父亲的崇拜却堆积开来，平日里那个不善言辞的父亲，竟然有这样的魔力。

父亲的书信召唤母亲回家，是父亲给费小弟上的第一课。

费小弟被司机的汽车拉回家的那一晚，费小弟百思不得其解，但是这个事情让费小弟有了更多的好奇心，于是他纠集其他小伙伴，告诉他们每天放学后就可以去公路坐汽车，用煤油灯的日子有汽车的诱惑，对于小伙伴们的吸引力无疑大于其他一切。于是费小弟他们几个就在放学后沿着公路瞎溜达，幸运的是他们几个无论从两个方向任何一个方向走，都会见到这个司机，并且这个司机总会停下车，然后让他们几个上去，最后把他们几个载到村口，再放下去。这件事情持续到他们几个人对于汽车已经产生疲惫感的时候才终止。

费小弟和李秀莲一天谈到关于出轨的话题。费小弟的观点是：不出轨，是男人为女人做出的一次巨大的牺牲。

李秀莲的观点是：男女双方无非通过婚姻的捆绑走向两个句点，一个是相互理解，一个是相互厌烦。

男人的成功是获得一个对自己理解透彻的女人，男人征服女人的最高手段是深层次地理解女人。

李秀莲对费小弟说，她不想费小弟的生活句式是这样的：费小弟从他三十岁开始到他死，这么多年再也没有发生过一件事情让他妻子觉得惊讶。

费小弟对于出轨这件事情的认知也是来自于父亲，母亲不在家的那几年，父亲卖掉了一头一岁的小牛犊，家里十多亩地的犁地任务全部降归于家里的一头老牛身上。老牛来到费小弟家有五个年头，费小弟记忆深远的一个下午，父亲带着费小弟去六十里山路外的张庄，用了八百元换来这头自从父亲作为第四个从爷爷家分家出来单独立户的第一个家畜和最大的生产力。临走时，这头牛的上一个主人对它的新主人也就是费小弟的父亲说到这牛的肚子里已经有了一头小牛。

于是在这头牛来到费小弟家不久后，产下一头牛犊，牛犊每天跟在老牛后面在地里来回打转。不久后，小牛犊也能作为生产力为老牛分担一部分耕地的责任。小牛犊卖掉得到的钱用来贴补家用，但是老牛耕地的力气确实是一年不及一年。无奈，父亲只得再找到一家只有一只牲口的家庭合帮。事先是找到一头牛的，但是那头牛走左犁，费小弟家的牛也走左犁，因此两个牲口搭不到一起。

后来找到一头骡子，可是骡子见了牛就像见了怪兽似的惊恐不已，不行。最后的最后找到了一头驴，谁都知道驴的力气和牛是没法比的，可是父亲算了个账，这头驴的主家只有八亩地，费小弟家有十多亩，这样以长来抵短，费小弟父亲觉得还不错。达成交易。

这件事情本身没什么咸淡，重点在于这件事情和韩凌霞有关系，这头驴就是韩凌霞家的。

于是费小弟跟着父亲去地里时都能遇到韩凌霞牵着自己家的驴也一同来到地里。费小弟对于韩凌霞开始慢慢了解，觉得这是个非常了不起的女孩，和他们村的其他女孩处处不一样。时间长了，费小弟对于韩凌霞有种上瘾的感觉，他时不时地就想起这么一个女人，想起这个女人的时候，浑身难受，巴不得见到这个女人。那一年，韩凌霞的母亲给费小弟的父亲说，韩凌霞考上了一所中专走了。此后，韩凌霞在费小弟的脑子中只剩下一双还未完全发育的乳房。

父亲和韩凌霞母亲的谣言来自小伙伴们的嬉闹，就像自己家那头牛和韩凌霞家那头驴一样，费小弟压根就没想过这件事，倒是觉得自己和韩凌霞有可能有那么点意思，因为韩凌霞在私底下曾经吻过费小弟，并把费小弟的手抓住放进了自己衣服中，费小弟前所未有地感觉到了绵软，却在当时没有反应过来。

费小弟后来回想起来韩凌霞的身子，那是一种提早发育完全的丰满，那种柔软来自外人的开发，是需要经人开发才有的结果。

大约三年后，韩凌霞被分配到镇里的变电厂时，费小弟已经成为半夜不上晚自习而纠结一群人偷看镇里唯一一家歌舞厅里女人的不良青年。费小弟透过玻璃窗子看到那年把他压倒在沙棘林中的韩凌霞，颜色的光线在她的白衬衣上形成了一个很好的反射，费小弟依旧看到韩凌霞把舞伴的手又一次放进了胸中，唯一的区别是，现在韩凌霞的胸已经显而易见了。

一年后，韩凌霞并没有嫁给那晚舞厅中分享她乳房的男子。

费小弟如今上班变得有气无力，多少情况下走到半路都不想往公司的方向走。倒是想去其他地方找找新鲜，在公司待上那么几分钟后就开始烦躁，不像以前那么积极，以前的费小弟忙的时候都能忘记吃饭，半夜睡不着还在研究给客户的提案，客户的每次责难在费小弟看来是自己一次新的突破。现在的费小弟还是落入了混工资的行列中，上司要什么就给什么。

韩凌霞坐下后，费小弟解释了刚才的慌张。

费小弟问韩凌霞这些年过得如何。韩凌霞说离婚了，也离开原来的单位，现在在县城开了一个美容院，后来嫁给了一个叫陈静远的没用的老师。

费小弟看着韩凌霞不知道说什么好。

韩凌霞这次来北京是美容院产品培训，随意聊了几句后，韩凌霞的电话就响了，她留下号码，说再联系，然后急匆匆走了。韩凌霞这些年真是一点没变，越来越瘦了不说，还更有女人的样子了。

刚听到韩凌霞说到的陈静远，咳，是不是那个陈静远。世界很大，但是有时候就这么小，想起陈静远那时候学生装加上饱读诗书的一张嘴，现在肯定变成隐士一般的存在。

世界很小还在于这几日路上不小心撞了一个女子，这个女子长得像极了和费小弟好过几天的叶青。叶青是费小弟以前的合伙人招聘来的员工，费小弟从客户处回来就被叶青的侧脸给吸引了，有一种吸引就是她的构成比例让你打心眼里喜欢，这种东西没法解释，有些人很幸运一辈子能遇到那么几次，可是有些人一辈子都遇不到一次。

叶青后来和费小弟去 KTV 唱过一首歌，还没毕业的叶青牛仔裤加白衬衣还有马尾辫，没有耳环、项链，没有其他，就这么简单。大家都觉得费小弟和叶青真是配。后来费小弟真动过心思把叶青给拿下，但结果是叶青那晚唱完歌第二天就辞职了，辞职的原因就是她发现自己怀孕了。

费小弟看看表，时间差不多了，得回到公司去了。这时候他发现手机上进来一条短信：我晚上在长阳路天宇酒店 207 房间等你。

是韩凌霞的短信。

回到公司，看到 QQ 上的留言，李秀莲说她今晚不回家了。

费小弟看到桌子上的日历，发现今天是星期一。星期一对于上班的人来说，都不是个好日子，但是对于费小弟来说，可能是个例外。

童年词典

火燕

春天铺满大地的时候，火燕就出现在小孩子眼中。

可以掏燕子的泥窝，捣喜鹊高耸入云的柴窝，把手伸进麻雀在房檐的洞中，也从来没有一个孩子敢把手和木棍伸进火燕的洞里。

火燕始终那么张狂，抖着浑身烈火一样的羽毛，在苏庄受到象征的保佑，它是集体灾难的象征。

燕子衔泥成窝，是幸福的象征。于是苏庄的小伙子在再也憋不住想看看它窝里面的时候，就会搬来梯子，发现雏燕后便会心满意足地撤掉梯子，勇气来自于哪怕不幸降临也是自己个人的事情。

喜鹊的窝对于苏庄的男孩子而言，是对攀爬技能的认证，长大之前都会捣毁一个，仪式感的成长。

麻雀是遭男孩子祸害最严重的，小的时候撒一把谷子，用木棒顶一个大筛子，粗麻绳拴在木棒上走几十米远趴着，一天能抓几十只，玩两天就都被爸妈偷偷放走了，老人家说别“害命”。

火燕住在墙体中，大人说它不住在和木头相关的树上、屋檐，是因为它着火，谁抓了它，谁家的草垛就着火。于是我们总盼着在城里的堂哥回来，他家没草垛，回来后我们都满心算计，想让他抓火燕，可是每年堂哥回来都是冬天，没火燕，于是苏庄的孩子没有一个抓到火燕。

树精

苏庄能长到入云的是椿树，但是它不成精，四五十年就自己老死了，死的时候安静，人都不察觉。春天它不再抽叶，才知道它死了。

槐树和榆树我们最喜欢，它俩长不大，都是长到我们站在下面能够着吃它的花它的叶子的高度，后来我才知道其实是长辈故意不让它们长高，就是为了给小孩子吃。

能成精的是柳树和杨树，这两种树受关注少，稍微不注意就成精了，有时候还拐带一两棵杏树。

每个村都有树精，在学校你们王村没树精，我们苏庄有树精是很骄傲的事。于是每个人都有自己心中的树精。

树精要粗、要大、要奇特、要有故事，里面要住着蛇、青蛙、蜈蚣、粗虫。

于是，梨花湾的树精战胜了苏庄的树精，我们不服气，要去看看。

那年，苏庄的树精是一棵柳树，它被雷劈开，里面的年轮写着一个“丰”字，还卧着一条白蛇。可是梨花湾的树精更神奇，也是一颗柳树。这棵柳树在他们村口，守了他们村二十来年，从十岁开始流泪，哭了十几年了。

周六早上，我们每个人都给自己多加了一份干粮在书包中，中午放学后去看这个树精，那时候周六早上还要上半天课。

那天下午我们被雨挡在山路上，在窑洞中躲雨时，我们进行了一场撒尿大赛，三个人一组，往外面的雨中撒。

雨停后，我们到梨花湾村口，树精倒了，我们看到很多人在那里看着树精，不断有爬虫从里面出来，最厉害的是爬出来一只蝙蝠。然后带我们来看树精的那个梨花湾的小子哭了，我们说你别哭了，我们承认你们村的树精是树王。

杏

桃树、杏树、梨树、苹果树，一开花，就备受关注，每个孩子有闲心都会站在这些树下想一下到时候果子长什么样。

我有次无意中看见一个小子爬我家杏树上去了，没先来汇报下说要吃杏，我假装没看见，就坐在树下捉蚂蚁，这小子愣是在树上没往下吐一个杏核，在上面待了半小时。我觉得他很牛X，我就躲了起来，然后看到他溜下来跑了。这棵杏树的杏是我们村我吃过的最好吃的，大约我上初二的时候停止了开花，我奶奶说这棵树有六十岁。

甜杏仁的杏树少，这棵树受欢迎。偷杏那小子第二年来了，这次来先申请了，说要上甜杏仁这棵树，我说不行，我妈妈说行，然后他就上去了，吃得很欢实，我可是恨极了他。

后来这小子成了我们村我那一辈第一个公务员。

峡谷

苏庄有两块别人家都不喜欢种的地，这地被山上下来的雨水冲击得很小，于是这两块地两边形成了两个大约二十米高、宽处直径大约八米、窄处直径一米的小峡谷。

村里为了这两块地有人种，连带这两个峡谷也送给了我家。其中一个从口走到最深处有四百多米，最深处有一个天然形成的天坑，坑的正中间有个山洞，洞里常年冒着白气，据说里面住着神仙。

另一个小峡谷要从一个废弃的瓦窑进去才能到，里面长了一些很奇异的果子，娇艳貌美，没人敢吃，也没人给这些果子命名。

没人治理的这两个峡谷成为禁地，里面的情况太错综复杂，因此，我们每次路过，就在外面看看。

似乎我们那一辈的成长起来的人都曾梦到过，那里面的千奇百怪。每每有时间，我们就站在高处，看着峡谷里面的杂草丛生，稍微有点动静，我们就惊叫起来，啊，肯定是蟒蛇，不，有可能是龙兽，不，是原始人。

羊粪

我出生前后五年中，羊似乎得了什么病，在我们卧龙全镇是禁养的。

四岁的时候，我们都没有见过羊，那一年，我们结伴十一个人，打算从苏庄出发，走到卧龙镇最远的一个村子磨石峡。

出发的时候，第十一个孩子哭死也不去，不去可以，但不能把我们的秘密告诉父母。

那一晚，苏庄少了十个孩子，没有去的那个孩子后来没多久掉进一个因雨水冲击开的已经被填埋的古井中窒息死亡。

第二日，我们看到马路上一小颗一小颗类似电视剧中的“仙丹”，我们十个人第一次看见还在迟疑，继续走，到第二次发现时，我们开始怕再往前走，前面就没有这种东西了。

于是我们一路走一路捡，每个人的裤兜中，装得满满的。

到达磨石峡后，我们第一次看见了羊，第一次看见了石头山。

晚饭前，我们都赶回了苏庄。把自己捡到的给爷爷看，爷爷笑着说，这是羊粪呀。然后我们十个人站到韭菜园子里，集体往外翻裤兜，羊粪稀里哗啦掉在地上。

小十年没有羊的苏庄，竟有了羊粪。

狐狸和猫头鹰

两个小峡谷后来被我三伯一寸一寸铲除了杂草，全村人可以无限制往自己家里背草，那草比坟地里的长得都好。给牲口吃是一等一的好料。

我问我三伯，里面发现什么东西了没。三伯不言一语，不过我三伯五年后自己上吊死了，没有任何缘由。

三伯整理出的两个峡谷，种上了小白杨，小白杨两年一伐，峡谷成为了我家的林地。

我们家此后很多年冬天烧炕燃料都来自这两片林地。

苏庄上第一只狐狸出现在大峡谷的那个天坑中的洞里。

最初跟踪那只狐狸到天坑中的是我大伯，他晚上听见鸡的惨叫，就跟上了那只狐狸，直到找到狐狸的老窝。

苏庄的第一只狐狸后来是采用烟熏的方式抓住的，白色，和十岁的金毛狗一般大。

后来我们在小峡谷的那个瓦窑中看到了苏庄的第一只猫头鹰，它坐在窑中间塌下来的一大块土坯上，一副负隅顽抗的架势，我们几个被它的眼神吓住了，纷纷逃跑。

二十年后，我还接到我们村的人的电话，说昨晚梦到那只猫头鹰，吓醒了。

看林人

荆棘果有红的和黄的，在苏庄四周的高山上，荆棘树浑身带刺。据说外村的女子都想嫁进苏庄是因为怀孕期间可以解馋。

荆棘果林中最神秘的是几十年前看林人不住的房子，房子显得恐怖而又招摇。我们并没见过这个看林人是谁，只是听说他晚上会在几千米长的林子中间来回走动，白天的时候就回到村里睡觉。

我们也曾晚上去荆棘果林看看林人，一直未见，后来听说要偷砍荆棘树，看林人才会来，我们就拿着斧子去偷砍，可还是没看到，后来又听说本村的孩子偷砍也看不见。看林人是防止外村人砍伐。

只到现在，我宁可相信，这个人的存在。

河湾

河湾处于苏庄、谢庄、刘庄、石庄的边界处，是山体最低的地方。因为雨水到这里沉积蒸发，雨水携带的种子在这里发芽，因此这里的草种类繁多，长势旺盛，并且形成了几百亩大的河湾。河湾地势复杂，有平地，有水潭，有沼泽，有小的盲谷。河湾是苏庄最不可捉摸的地方，苏庄最资深的放牛人一辈子也没有把这块地方研究明白，每场大雨之后，河湾就又变了。

苏庄的牛从来没有打败过谢庄的牛，最厉害的一次是谢庄的牛角顶出了苏庄牛王的肠子，自此，只要苏庄的牛看到谢庄的牛从山上下来时，就都往前冲，事情愈演愈烈。我们都解决不了时，两村的大人就给河湾划分的界限，以一条横穿河湾的小溪为界限，自此河湾就没有顶牛大赛了。

河湾最恐怖的事情是，傍晚时分只要看见西边有云，就要在一个小时内走出河湾，至少要到河湾的出口，如果走不出来，雨下来，就要把小命丢在那里。

牛的蹄子是防滑的，可以在雨下起时逃走，但是性子慢，驴的蹄子不防滑，性子急，我们第一次站在河湾的出口，眼睁睁看见一头驴被四面八方下来的雨水淹没在河湾中。雨水下来的河湾在瞬间就消失了，看见的是翻江倒海的雨水。

这里天晴时美丽神秘，下雨时就是恶魔。

地道

苏庄的地道就在河湾中，应该是爷爷那辈人把它掩藏起来的，直到我们这辈人，放牛挖坑烧土豆时挖开的。

然后这件事情成为我们村学所有人的秘密，我们每天在学校里讨论，我们村学就四个年级，所有的男人集资买汽油和棉花，制作火把。

那是一个周六，苜蓿地刚发芽，我们假借去挖野菜，第一次进入地道。

地道的美丽远远超过了河湾，里面就是一个城堡，这个地道大约能生存一百来人，这个判断来自于我们的老大，他是从地道中发现的瓷碗和卧室来判断的。

后来老大说谁敢从地道里往外拿东西就灭了谁，大概是怕被苏庄的大人发现我们重新开启了这个地道。

每次河湾被雨水灌满后，我们再去找地道的入口都异常艰难，因为河湾的整个地势全部会变化一次，神奇之处在于地道中从来没灌过水。

我上初中的时候，我们进入过最深的地方是到达地道里面的牲口圈。

似乎有什么约定俗成，苏庄的孩子永远是上了初中就不再进去，也不再挖掘那个地道还有什么，而是永远留下一点秘密给下一拨儿小孩子。

死物坑

苏庄的死物坑在苜蓿地环绕的一个大坑中，大坑中有小坑。小坑的形成据说是村子的一个聋子坚持每日偏执地去挖，挖了好多年挖成的，聋子去世后，那个坑被村里人用来丢弃死了的家畜，幸运的是这个坑四周的苜蓿花能很好地过滤腥臭。

死物坑中的白骨在我的印象中已经很多了，每次去苜蓿地，我老是站在坑的上方看得出奇，我爷爷曾经发现了我这个爱好，当我看完坑中的物体回头时，看到爷爷那双出奇的眼睛正狠狠地看着我。

死物坑每次到快满的时候，只要一个冬天过去，坑就又空了半截。

针线笸篮

奶奶才配得上的工具，小媳妇小女子只能拿个布把自己的针线顶针包起来，不敢摆开这样的架势。手艺高超的奶奶才有资格把剪刀针线布条顶针等一应俱全放在针线笸篮中，并置于屋子中最显眼的位置。

苏庄的男人看不上自己女人的针线活时，都拿着需要缝制的东西来央求奶奶，奶奶就说，拿我的针线笸篮来。

孩子的沙包、端午的荷包最初都来自苏庄所有奶奶的针线笸篮。

木匠体系

苏庄在卧龙镇是木匠村，木匠是苏庄最盛行的职业，苏庄的人盖房子装修是你帮我、我帮你的，不用请人。就这样几十年下来，有了最老的第一代木匠，有了最小的一代木匠，仔细聊起来，苏庄除了既有的辈分脉络，还有一个很大的木匠辈分体系。

樱桃树和桑树

苏庄最稀缺的两种树——樱桃树和桑树。全苏庄樱桃树有三棵，桑树有三棵。太稀缺了，因此大家都只是把它们用来看，没人打它们的主意，可后来这两种植物还是从苏庄消失了。

井辘轳

苏庄的历史上出现过三年的干旱，打井的水眼减少了二十多个，留给苏庄人们的只有四个水眼，打井人往下面挖了几十米，最终只找到两个水眼。

苏庄的水旺盛是出了名的，井辘轳从来没用过，头一次出现在苏庄。

在那三年中，井辘轳成了苏庄人民最大的期盼，每每都希望井辘轳最后一圈绞出井口的那个水桶是满的。

苏庄的人也试图找过新的水源，比如在两个小峡谷中，可是峡谷中打了好多井，出来的水喝起来是苦的。

然后苏庄人放弃了寻找新水源，日夜继续围绕在井辘轳旁，奇迹渐渐发生了，井里的二十多个水眼慢慢都开始吐水，井辘轳两年后又消失了。

井辘轳在苏庄的那段时期，成为苏庄一代人的标签。

白蛇、菜蛇、麻蛇

白蛇出现在一场大雨后，在强子家的门口。光棍了好多年的强子第二年找到了老婆，人们都说那是白娘子来送喜了。白蛇在雨停后自己走掉了，走的方向是向东。

菜蛇第一次出现在的玉米地中，粗如一条牛腿，绊倒了一个小姑娘，苏庄懂蛇的人赶到的时候，围观的人很多了，菜蛇的颜色实在好看，小姑娘被蛇绕住，动弹不得。大约在所有人都束手无策的时候，菜蛇慢慢松开小姑娘，朝一个很大的南瓜爬了过去。

麻蛇出现在村口的路上，带着几条小蛇，这种蛇几年才来一次苏庄，爷爷说，好像这种蛇都是说好了似的，子子孙孙有时间就来苏庄视察一次，别伤它们，这种蛇只是路过。

黄飞虎、介子推

苏庄的山神是黄飞虎，汉族民间崇拜的东岳大帝。苏庄的山神庙中黄飞虎坐在正位，雕塑高十米。

苏庄的人还有一个敬奉的人是介子推。介子推在苏庄的形象是全身只有骨头，没有肉。苏庄的人对于忠义的信仰很高。

上坟、双子、堡子

苏庄历史上有过一次屠杀，活下来的人都是因为躲在堡子中保住了小命，才续了根。

奇诡的是，苏庄所有的子嗣都是兄弟俩。第一个是儿子第二个肯定也是个儿子。第一个是女儿，那么预示着还有两个儿子。

苏庄人上坟的时候，每个小家族都有一个浩浩荡荡的队伍。

清明节上完坟，大人们去检查祖坟有没有水洞、耗子洞。小孩子们就可以把整个家族几十家供上来的贡品全部吃掉，以示人丁兴旺。

一列火车正在穿过多少个隧洞

1.

赵发锁最近是愈加讨厌尚智了。

缘由是赵发锁最近交了个比较洋气的女友叫苏小红。

秋天刚进到北京来，整个世界就像乱了一样，落叶已经抵着路面开始发疯，搞得人也躁了起来。

这时候的尚智正主动结束顶了一整天的风寒。他折叠起那把磨得快要断掉的二胡，把它套进一个棉布口袋，睁开装了一整天的瞎眼，朝着西边，看看即将被黑夜揪下去的霞光，正在死命地挣扎。

二环上的树叶像极了老家平凉乡下田野浓烈撕咬的那种让人兴奋的焦黄。

今天的收获很不错，一个女孩子气哄哄地过来，往自己的讨钱盒子中扔了一个手机。

年近五十的尚智没用过手机，只是感觉这手机很不错，应该是比较值钱的。

二十多年来尚智每逢春节回家，村里人问起职业，尚智都说在北京。在北京干吗？他一般都会说给人家拉二胡，把自己包装成艺术工作者。

尚智刚来北京时被人叫去加入团伙，团伙中买来了几个残疾人，没双脚的最贵，要8000多，没手的6000多，烫伤畸形的5000多，聋哑的2000多。

尚智开始的时候跟着他们在车站还有地铁里面要钱，效果不好。尚智四肢健全，做了一些道具辅助的伪装，但还是没多少人给钱。每天回去还被上司各种羞辱，上司给他们管吃管住，每晚交不上一定的数量的钱，有时候还要遭毒打。

尚智看他们那架势恨不得就要把自己的脚剁了一样。反正尚智不是他们买来的，不欠什么钱。想跑了算了，但是这群人还是得罪不起，就给他们说了，说要回老家，并主动交了1000元作为补偿，出来单干了。

刚单干的时候，还是有些人来找麻烦，挨过几次打，但都能抗过去，这些事情和当年在银川时建筑工地上那些苦比起来还是小毛毛虫。干的时间长了，尚智觉得自己和那些坐在楼里上班的一样，自由。

2.

每个星期六的下午，赵发锁都会等苏小红来，苏小红早了的话会在3点左右到，晚了也不会超过4点。可是今天快6点了，苏小红还是没到。

正在思量着，赵发锁的手机上来了一条短信，是农业银行最新余额提醒。每个月赵发锁都会收到这条短信。尚智每个月会存进来一些钱，这些钱可能有朝一日能给赵发锁换来一个自己的店。

赵发锁认识苏小红也是在一个星期六的下午，当时店里的客人都走完了，几个洗头的小伙子都坐在理发椅上昏昏欲睡，赵发锁拿起几本美发杂志翻了几页，听见门口挂着的铃声响了，随口吐出一句“欢迎光临”，这四个字有时候把人降得很低。

来人若是应上一句还好，不应的话显得特没意思。

几个小伙子同时也迟缓地附合了一句“欢迎光临”，立即都苏醒了过来。

来人披着一整天残余下的那点日光，被对面那个玻璃包围的大楼映得无比新鲜。像是从霞光中溜下来，溜进理发店来。

有人重新调大了店里的音乐声。

下午唯一值班的理发师赵发锁上前去询问来客：“您是理发？染发？烫发？还是洗发？”客人没说话，环顾店内的专修，半晌才说出一句：“拉个花，晚上要参加活动。”

“那先洗洗吧。”

来人跟着洗头发的小伙子先去储物柜放了外套和包，赵发锁无意中看了一眼这个女人的背影，身姿饱满，头发垂于腰间。看打扮像白领又像高级陪酒妹，介于二者之间的气质游离着。

理发店的客人见多了，时不时总想多知道点客人的信息，聊得好了，还能拉个回头客，聊得不好了就权当解个闷儿。

苏小红就是客人中聊熟络起来的一位，年纪和赵发锁相仿，还是甘肃老乡。苏小红是天水甘谷县的，赵发锁来自平凉静宁县。

赵发锁先有的意思，慢慢摸索着苏小红，摸索了有小半年，才觉得苏小红应该有这个意思。

苏小红在北京的一个夜总会卖酒，长得不算好看，借了个子高的光，腿长，穿上点什么都觉得属于好看行列的人，得此，还时不时给一些保健药、盗版内衣拍一些平面广告。

3.

赵发锁那时候在上小学，在每年春节回家的外出打工人员口中听说过自己老爹赵子才的事情，他们嘴中的爹比他们强，说赵子才在银川的南门广场拉二胡，一年下来比他们多挣好几万。

后来长大一点，赵发锁才知道自己老爹是在外面做乞丐。还编了很多故事，给自己起了个艺名叫尚智，装瞎子，听名字还以为是个和尚。

赵发锁那时候小，只是知道家里光景不错，也没被学费难住过，不像其他的孩子早早就退学打工。赵发锁从来就没见过自己的娘，娘是默认死亡的，这是一个严肃的过去，每次村子里的人说起赵发锁娘的时候，都掩饰不说。

更小的时候，赵发锁还没上学，就跟着自己爹到各个村去跟戏班子。赵子才的二胡手艺在方圆是有点名头的，每个村子请戏班子，就得请赵子才这把二胡。

随着人们对秦腔这东西的兴趣变淡，加之电视机的普及，赵子才也没了收入来源，就外出打工去了。

赵发锁较懊恼的事情是后来技校毕了业，东拉西扯地到了北京。

觉得这里还不错，但是尚智最近不知怎么的就选择在自己的店不远处乞讨。

这一点想也想不通，赵发锁换过几次地方，最近这个店干顺了，老板往哪里搬，自己就往哪里走。每次搬完店，店门口会贴个此店搬往何处的字条，这个字条像专门给尚智留着的一样，于是尚智每次都能找到赵发锁新换的地方。

尚智和几个清洁工住在半地下室，动不动就在马路上被清洁工撞见了，清洁工就上前去打个招呼。

其中有一个宁夏来的老夏和尚智关系较好，时不时把捡来的棉衣皮鞋给尚智一些，那些衣服在垃圾桶中掏出来被尚智这么一穿，还真派上了用场，名牌的标识加上各种污渍的化妆，正好是乞丐专用，一看就是讨来的东西。

4.

尚智那一年在银川南门广场上，看见一瞎子在那里摸摸索索、颤颤巍巍的，看上去离死不远了。他上前去把自己刚买的一个面包塞到那个瞎子手里。

瞎子说："你给我了一口吃的，我给你算个命吧，把手伸出来。"

尚智把自己的左手递了过去。

瞎子说："你的福报在北京，你上北京吧。"

尚智笑了笑，没多想，北京是多么遥远的事情。从静宁县县城到银川还得坐十二个小时的汽车，坐的人都发了恨。有时候没坐，还得站到终点，下了车，感觉鞋子都不是自己的了，脚肿得像个馒头。北京，多远的地方。不过就是这一天，他开始对北京有了盼头，其实不是北京对尚智有多少吸引，而是秀芹去了北京。想想秀芹从赵发锁不记事时就走了，到尚智第二次听见北京这个词有小十年了。

尚智去了银行，刚赶上最后一个排号，还是前台接待给的，这个银行的人早早熟络了这个乞丐。尚智只要一进去，他们的眼睛都直直看着，第一次来银行时，尚智的存款单还是银行的人代填的，后来他自己也会了。这一次给赵发锁的卡里存了四千三百元。

出了银行，在回去的路上在路边那个铁皮屋子的厕所里换了衣服，把白天穿的那一套衣服装到一个大黑袋子中。看厕所的那个龅牙的女人是最早发现他这个秘密的人。

路上买了一个盒饭，已经凉透了。

回到租住的地下室时，那群清洁工还没回来，他们最近被调到另一个区去扫马路了，这群人进进出出都穿着橙色的衣服，特显眼。拿暖水瓶到暖水房花五毛钱打了一壶开水，路过水房洗了一把，碰到烧炉子打扫地下室的韩大爷聊了几句。

韩大爷是青海的，去年在一个工地打更。上个月原来负责打扫这里的武大娘不干了，嫌这里太累，承包地下室的老板就托人找来的韩大爷。韩大爷干了一个月，说这儿累，确实不好干，每天都得盯着，其实上班都要16个小时了，来的时候，介绍人说得可好了，说每天就是擦擦地板和过道，坐着看看电视，谁知道来了是这样。

打开水的那里还附带着一个小卖铺，饼干、泡面、火腿肠、瓜子、花生、八宝粥都有。韩大爷每天还得负责卖东西，抱怨着想走，但是老板说干不到半年不给钱。韩大爷说来北京车费就好几百，这么回去了就白来了。韩大爷挺干净一个人，喜欢和地下室里面的人聊天。

韩大爷问尚智最近晚上冷不冷，尚智说比较冷，比每天在大街上冷多了，寒气往骨头里钻。

韩大爷说，再坚持半个月，暖气就来了，地下室暖起来了可暖和了，线衣线裤都不用穿，和蒸桑拿一样。尚智说知道，自己在这里住了好久了。

5.

尚智回到自己的房中，给盒饭倒上热水，一下子把那个冰凉的盒饭变得热气腾腾。尚智几口就吃完了。

老夏他们熙熙攘攘回来了，这些人回来整个地下室就像开了一场戏一样。地下室不让用高电压的电器，专门提供一个做饭的地方，但是每次使用都得交两元钱，这些人回来就偷偷用电饭煲和电磁炉，然后整个地下室就开始到了跳闸阶段，一会儿一跳。

老夏回来没多久就找尚智来了。

进来时唉声叹气的，说是今天在路边光顾着聊天了，没想到清洁车还有人偷，扫把和簸箕都不见了，这一个月又白干了。每天穿着那个腰间有个荧光条的衣服风雨不断的，抱怨了一堆。

尚智说老夏的女儿找了个好女婿，这话题一转。老夏就眉开眼笑了，说，是呀是呀，不然他女儿小霞还得和自己挤在那间16平的地下室里，两张床之间就能放一双鞋，门就紧张到只能打开进一个人的门缝，晚上放个屁都不敢放开了放，只能夹着慢慢放。现在好了，女儿找到了一个好男人，给小霞在自己那个单位的食堂找了个服务员的工作，对于自己死了的老伴也有交代了。

说完他就把脚往前一伸，说前些天刚收到一双鞋，就在隔壁小区，一个男孩见他在扫马路就把他叫了过去，说有些东西不用了，看要不要，老夏就去了，好多衣服和鞋子，那男孩好像要搬家，老夏就全部打包背了回来，回来挑了挑，就给其他清洁工分了。

尚智上眼一搭，这么眼熟，前几天还看见赵发锁穿着这双鞋呢。

6.

尚智拿出白天被扔了的手机给老夏，让老夏看看这玩意值钱不。老夏一看说这是现在最流行的手机，上面有一个苹果被咬了一口，你看你看，尚智移过目光看了眼，应了一声。

老夏刚要划开手机看看里面的新鲜玩意，手机进来一个电话，老夏吓了一跳，差点掉地上了，手机上显示“老板”的电话，老夏把手机递给尚智。

尚智说：“你接，我不会接。”

老夏说：“按住这里，往右面划个一字。”

尚智划了个一字，电话里面的声音随之而来。

“你在哪里呢，你想这么走，没门儿，这几年花了我那么多钱，就这么走了，我找人弄死你。”

听这话，他不知道说什么好。

“说话。”

对方还是那么蛮横。

“不说话是吧，你以为我拿你没办法是吧。”

尚智和老夏相互看看。

老夏先发了言："哎，这个手机是我们捡的。你是谁呀？"

尚智补充道："恩，我们今天刚捡的。"

对方半天没说话。

老夏和尚智疑虑了一会，不知如何是好，还是头一次遇见这事。这两人感觉自己像干了什么坏事似的，有点不适应。

"你们在哪里，我给你们一万元，把手机还给我。"

尚智正要说好。

老夏就挂断了电话。

挂了电话，两人都沉默了，尚智那边传来一丝恐慌的味道，老夏说："老弟，这手机还挺值钱呀。"

"你说这里面是不是还有什么值钱的东西，听感觉那边是个大老板。"

"你等着，我给我女婿打个电话，让他过来帮我们看看。"

老夏不间断地想着主意，尚智一言不发。

狭小的地下室在烟熏成的鹅黄色的墙壁中间开始变得清脆起来，像踩上去一下就要断了。

隔壁开始传来那三个女孩子中某一位的呻吟声，看来她的男人又来临幸了。

两个老男人听到年轻女性的这种声音，还是有点莫名的兴奋的。

7.

赵发锁直到晚上六点才等到了一脸疲惫同时还带着两个行李箱

的苏小红。

在理发店的时候，苏小红像是哭过。

苏小红对赵发锁说：“我没地方住了。”

赵发锁有点喜出望外，他想着和苏小红同居也不是一次两次了，现在送上门来了。自己的得意忘形似乎被其他同事觉察了，他打掩护似的看了看其他同事的脸，其他同事都掩着坏笑的脸。

第一个想到的是找个旅店，转念一想，苏小红自己难道就不会找旅店，找他赵发锁干吗，这不是秃子头上的虱子明摆着的意思吗。

不过得先弄清楚这是什么情况。

“你先把东西放里面，我剪完这个，我进去找你。”

苏小红拖拽着东西走进去了。

赵发锁急急忙忙把那个板寸给剪完了，让洗发员去冲水并吹干，便急切地跑到后面去问缘由。

苏小红半遮半掩说和一起住的人拌了嘴，不想在那边再住下去了。把下面的事情抛给赵发锁，赵发锁不知道如何是好。是现在找个旅店单独住下呢，还是马上找中介看个房子。天快黑了，还得赶紧拿个主意才是。

赵发锁看着苏小红依旧和以前一样打不出几个屁来的性子，有点急了，说，那就找个旅店先住下来，明天看看找个住处吧。

随后他看店里客人不是很多，请了假，走了。

今天赵发锁剪了 26 个头。

赵发锁现在剪一个是 58 元的报价，前几年剪一个是 28 元。现在他是店里干的时间最久的理发师了，洗发员给客人介绍时都会叫赵发锁为赵老师。

赵发锁在自己住的那个小区旁边找到一个快捷酒店，一晚上 370 元。到房间后，苏小红叫唤饿，赵发锁问是出去吃还是买回来吃，苏小红犹豫不定，赵发锁有点不耐烦，说那就买回来吧。

去买吃的的路上，他顺便买了一盒杜蕾斯，期盼着今天晚上有个好收成。

两人吃完后，赵发锁假意离开，说："你早点休息吧，我走了，哎，你明天不上班吧，我们一起找房子去。"

苏小红站起来，跑到赵发锁面前，把手伸进赵发锁的外套中，在背后双手扣住，隔着毛衣抱住赵发锁，赵发锁下巴抵着苏小红的头顶，感觉自己有了反应。

两人互相寻找开对方的舌头，然后换到了床上。

8.

赵发锁今年 25 岁了，尚智担心的事情可能马上要发生，因此尚智更加急切地想再多挣一些钱来。

老夏的女婿到地下室的时候，已经晚上 11 点多了。

老夏的女婿脖子上挂了条金链子，东北人，不抽烟、不喝酒、喜欢吃肉。人话很少，过来后，拿起手机翻了一会儿说："手机中就一个电话号码，通话记录也一直是一个号码，但是每天都有通话。这他妈估计是一个二奶专用电话吧。"

"照片中有一个女孩自己的照片，你们看，长得还挺好看，像明星一样。穿得挺不错的，看样子都是他妈的名牌。哎，不过有条彩信，里面有好多张这个女的跟其他男人睡觉的照片。”

“你两人别看了，这么大年纪了，看这个不适合。就是这个女人和五六个男的睡觉，都被拍下来了。这么一想，要是这个女人是个有钱人，我们还能拿这个手机换钱呢。”

“不过，这个女人看年纪也不是有钱人，要么就是富二代。”

尚智和老夏都听傻了，一直没言语。

“你俩发财了知道不，这几张照片老值钱了。”老夏的女婿也异常兴奋起来。

“有人找你俩要手机是吧，现在，说给一万元。他妈的，太少了，我们要十万，这不是一个手机钱了，这是里面照片值钱了，说不好这个女的是个明星呢。”

“我们现在就等这人再来电话吧，赶快找个充电器把这个手机的电充满，等着发财吧。”

尚智说：“你把这个手机拿来吧，我先看看。”

尚智拿过手机，正好上面有一张女孩骑在一个老头儿肚子上的照片，老头闭着眼睛，女孩骑在上面仰着头，女孩的鼻子下面有一颗小小的黑痣。

尚智说：“手机你拿走吧。我也不懂这个。”

老夏的女婿像捡了一个宝贝似的，说：“好，等拿到钱，我分你一半。”

9.

第二日早上，尚智起床后穿上破旧的棉袄，走出地下室，在门口煎饼摊子处要了一个煎饼，抬头看见太阳正在找寻机会从云彩的缝隙里往下偷溜着。几只麻雀在电线杆子上蹦跳着，一天好像又有了点新的活意。天空相较昨日是晴朗了不少，只是天气比昨日增加了几分寒意。

每天轮换一个地方，这是尚智这么些年来找到的规律，老是在一个地方，没人会觉得自己可怜，给钱的人也烦自己了。

今天他要去的是地铁地下通道的入口，这里常常会遇见自己的两个同行。一个是手残疾脑偏瘫的小王，他常年在那里画画；另一个是从小被爹娘遗弃后，被人拐卖了，打断了两条腿的张壮。

小王的收入很不错，每天能拿到600元以上，张壮比较少，张壮把自己的两条残腿放在外面，膝盖以下的两条腿像极了两只吃完肉剩下的羊腿骨。反正也没什么知觉。他把两个羊腿骨放在自己面前，卖可怜。

小王有个妹妹，在一个公司上班，每天把小王放到这里，给他放好一天的吃喝就走了，晚上下班了再背他回去。小王收拾得干干净净，虽然不会说话，但是脑子清楚。小王用脚来画，右脚大拇指和二拇指夹一支画笔，前面放一张从书上剪下来的画，他就用脚趾夹着画笔，把那张画画到另一张大纸上。

张壮等过了高峰期，会掏出背包里的扩音器，带上三双棉线手套，用两只手撑着自己去地铁里面乞讨。然后剩下尚智和小王在那边一个画着画，一个拉着二胡。

张壮笑话尚智说："小王不能胡画，可是你看你，你可以胡拉。"

尚智听到张壮的话，会假意笑笑，笑得太厉害，瞎眼就会睁开。

地铁站人声鼎沸，其实异常冷冰。

10.

大约在中午的时候，尚智看到了赵发锁从地铁站出来，往东北口的方向走去，这是尚智这个月第一次看到赵发锁。

尚智紧张极了，他怕赵发锁看到自己，他急切地背过脸去，并在背过脸去的时候及时看了看赵发锁的脸，深切地确认了一下。幸好，赵发锁没看见自己，自己也没在赵发锁的脸上看到自己担心的那一幕。

尚智都有点冒汗了，要是赵发锁看到自己在这里，过几天一定会来找他，让他走远点。这样的情况发生过好几次了，尚智觉得自己再没脸没皮，也不能让人家说了好几次，还在这里磨蹭。

北京很大，大得可以让人绝望无数次。

尚智吞食过很多绝望，多数时候还是觉得活着比死了意义大一点，还需要再等一下，再等一下，然后再去死。

尚智和老夏说过，自己的命就在等一下再等一下中过着。

这一天的收入很差，尚智心里七上八下的，也没坚持在那里坐到天黑，早早收了摊子，回到地下室中。

回来后不久，听见有人，老夏走了。

尚智急忙跑出去问，老夏怎么了，那些人说老夏走了，就是不干了，也没告诉一声就离开了。

尚智跑到老夏的那个房间中，发现门是敞开着的，锁像是被人用脚踹开一样，暗锁那里龇牙咧嘴的，屋子里面很乱，像极了搬完家的境况。

尚智心里念叨，这老夏也不是不说一句就走的人啊，是不有什么急事。

尚智回到屋子中抱着一颗无解的心躺下，怀里像抱着一颗石头一样睡了。

11.

大概一个月后，苏小红跟赵发锁说自己怀孕了。

赵发锁趁着上班，去找了尚智，其实赵发锁早早地就知道尚智白天乞讨的地方。

见到尚智，赵发锁让尚智先回老家去，把家里收拾下，然后到苏小红家里去一趟，双方父母见面，顺便提亲。赵发锁感觉自己人生中的第一个等一下马上要完成了。

赵发锁这些年来每次和尚智见面，起先都是劝自己老爹回去，去家里附近那几个城市干点儿正经事，别这么糟蹋自己。

大约劝了那么几次后，赵发锁觉得也没起什么作用，于是心里开始升起一种怨恨来，这种怨恨越来越大，但是再也吐不出口。

尚智其实懂自己儿子，赵发锁还是给尚智留着情面的，要不早就说了觉得丢人那种伤人的话了。

赵发锁每次来看尚智都让尚智弄个手机，找人也方便，尚智觉得不能用那玩意，有了那玩意就好像赵发锁更能使唤尚智一样，像有了个什么把柄在赵发锁手中一般。

两人商量了一些细碎，赵发锁草草走了。

在赵发锁心里，尚智早不是个父亲，是什么，他也说不清楚。

在尚智这里，赵发锁是自己的一个人情。

赵发锁找过尚智后回到租住的房子中跟苏小红说：“我给我爹打了电话了，他从银川走，先回家，半个月后去你们家。我们过几天买车票，先到天水，然后坐汽车到甘谷。”

尚智收拾好东西，退了自己的房间。房间还有半个月到期，地下室老板不给退余下的半个月房租，尚智有点心疼。

尚智把带不走的送给了几位清洁工，然后坐上去北京西站的公交车。

上了车，火车开出北京的时候，尚智想着，这辈子估计是再不需要回来了。

尚智是第二天早上到的天水，到了天水后吃了饭，去天水长途汽车站坐到静宁县的车，等了好几个小时才装满一车人发车。到家已近黄昏了，天水到静宁一路都是揪心的凄凉。在北京待久了，每次在北京想家时全部是记忆里的绿意，但是回家要么赶上大雪的无情，要么赶上秋后的空寂。

到县城转乘去镇里的小面包车，夜幕降临。

到镇里时，街道上的商铺早早关了门，几声狗叫也显得乏力无比，本来是可以租到摩托车的，到他们山赵家是 15 元，这么晚了，只能往回走了，十六里山路幸好有月亮相伴。

月亮追着尚智几个小时，他到了家门口。

12.

家门的锁折腾了尚智半天，本来已经累得没什么精神的尚智来了气，骂了几句。但是还是没什么办法，撬锁是没工具了，这大半夜的也没法子去借。

想了半天，他掏出自己已经紧缩的老二往锁孔里撒了一泡。

不用想，肯定很黄，因为这味道实在是太大了，尚智心里想着，皱着鼻子再一次把钥匙塞了进去，希望锁不要为难他。

锁还是没有给他那泡尿什么面子。

尚智突然想到一个好去处，那就是自己家的麦秸垛上。

这个季节是没有蛇的，要是夏天，他肯定是不敢往里面钻的。对着月光，尚智很快在麦秸垛中间扯出一个大洞来，只是刚才手被麦秆划了一道口子，尚智用唾液舔了舔，舔到了自己刚才的尿味。

实在太累，顾不上这个，他钻进去就睡着了。

早上太阳还没起来，村里的驴铃铛就开始叮叮当当，大家伙都赶着驴去耕地，发现草垛中有人的是尚智的堂兄赵长水。

赵长水以为是外村的疯子来这里瞎整呢，他最怕疯子在草垛中间点火，村里常常发生这样的事情，因此有点苗头的都让人胆战心惊，一场火就能烧掉好几年积攒起来的麦秸。

13.

赵长水喝住自己家的两头驴，然后对着洞里的人喊了几句，见没人反应，把铁锹把塞进去搅了几下，听见里面的人妈娘问奶地叫唤起来，等人钻出来一看是尚智。

尚智看到赵长水就问：“哥，你耕地去啊。”

赵长水说：“你回来了啊，怎么睡这里？”

“半夜到的，锁锈住了。”

“哦，那我给你看看。”

赵长水到尚智家门口，看那大锁锈迹斑斑，上手一撅，锁开了。

“你看你，在外面混的，都没力气了。”

二人进到院子里一看，满院子荒草。

“先放一把火吧，我看着，你先到我家去，让你嫂子烧两个荷包蛋。”赵长水说着，转身牵着前面那头驴，喝了一下后面那头，两头驴跟着赵长水走了起来，尚智跟在最后面。

到了赵长水家，尚智坐到上方的方椅上，浑身散着发霉的味道。

赵长水说：“看你那个死样子，好好一个人混到这个球样子。”

这时赵长水老婆进来，端着一盆热水，里面放着一块毛巾。

“快洗洗吧，我马上烧鸡蛋。”

尚智没说话，默默地洗去脸上的汗渍。这时太阳刺穿云层，一瞬间透过村庄的大树，滚烫滚烫地射到尚智的脸上。

“子才这几年没老啊，你看你还和那时候在秦腔剧团时一样大脸盘，大高个。哎，你说好好的人，怎么就没个好命。”赵长水老婆说着拿上脸盆就出去了。

随后她端上了两张油饼和一碗荷包蛋。

赵长水问：“找得怎么样了？”

尚智摇着头说：“没有任何消息。”

14.

太阳把地里新翻的土晒干的时候，尚智家里的一院子枯草也成了灰，满院子一股苦艾的味道。

尚智不想收拾这些东西，给上房的炕烧了一把火，就到村里的风俗先生铜马那里去了。

去铜马那里是想请教去甘谷县那边提亲有什么规矩要讲。

铜马见多识广，在周围这几个县颇有点威望。

铜马很高，有两米。常年穿着洗得发白的藏青色中山装，带五角帽子，走路儒雅缓和，见到尚智每次都感叹。

“哎，这有十多年没看你唱的韩琦了。”

《韩琦杀庙》这出戏在西北地区人尽皆知。韩琦要演出大悲悯和英雄气，因此人要长得好看，扮相出来才漂亮。

“哈哈，那都是什么时候的事情了，还提那些事情做什么。”尚智应承着。

铜马对本村的人从来没什么架子，什么忙都帮。

铜马紧接着问：“今年怎么这么早就回来，往年都是要过春节才回来，哎，你脸上的红印好了有几年了吧。”

“这不是孩子要提亲，我来和你这儿打听一下。”尚智拿出买的“黑兰州”，撕开给铜马递过去一根，剩下的扔给铜马。接着说：“26岁那年脸上上来的，最重的时候，你也看见过，半边脸都血红血红的。到40岁那一年，就慢慢不见了，和我爹一个德行。”

“你们家这病真是邪门。我爹那会子和我说过你家这病，我就琢磨呢，你们家一家子不是平凡人啊。”

“你这又开始说上古经了。别说那么玄乎，就是我们家命不好，摊上这么一种病。“

“发锁的脸到现在都没事吧？”

“我还天天担心呢，现在不像以前了，我们以前结婚早，我发病那一年啊，发锁都大了，但现在发锁还没娶上，要是发了病，就麻烦大了。”

“是啊，是啊。”

“这不，我来问问你，这到甘谷县那一带去提亲，有什么讲究没。”

“哦，那一带和我们差不多，就是有点不一样。你去的时候，带上十只鸡，五个生的，五个熟的，还有一副大馒头，全部点上四颗梅花，还有就是带上红书一份。红书我现在给你写。”

15.

在山赵家，只有尚智堂哥赵长水知道尚智在外面当乞丐。

在其他人眼里，尚智就是个外出打工的。尚智从铜马家出来，往自己家走，这时候天还亮，村道上的人很多。逢人都打招呼，尚智在村里的名望还是很好的，尚智穿得也很新，走在村道上，尚智有种活起来的感觉，如同换了一个世界一般。

村里的疯子赵瘪子还在原来的老地方，每天坐在那里，像在等什么人回来。赵瘪子每天在村道上到处拉屎，村里人也管不了他，村里人就盼着他早点死了，大家凑钱给他买个棺材埋了算了。但是赵瘪子扛过了一年又一年，扛死了一堆人，赵瘪子还活得好好的。赵瘪子的很多吃食都是学生放学路过时把自己白天带的干粮没吃的给他。赵瘪子疯得太久了，已经想不起这人是因为什么变成现在这个样子的了。

尚智走过赵瘪子的面前，也没什么东西能给赵瘪子，看了他半天，说了一句：“山赵家，其实是你的北京嘞，我在北京和你在山赵家一样，我们都是一种人嘞。”

赵瘪子拿眼睛瞄了瞄尚智说：“你个傻球，你看什么看。”

尚智从兜里摸出十元钱，塞到赵瘪子的口袋中，说：“你也不认识钱，留着吧。”

然后他接着往家走。

夕阳又一次垂到脸边来了，霞光中的山赵家锈迹斑斑，像被人敲碎了的核桃，沟壑不已。

16.

尚智走过村里旧戏场的时候，看到破败的泥墙，有些许伤感爬了上来。定住脚看了看，本想阻挡自己的思念，别让思念泛滥来折磨自己，可是这次似乎来势汹汹，没等自己醒过神来，尚智已经被牵扯进曾经的回忆中。

他感觉心口扎上了一把刀。

当年在那个戏台上，尚智的韩琦，秀芹的秦香莲，他们是绝配，每次唱“杀庙”，台子底下的人都是满满当当的，还有外村来的人。

尚智的眼睛中透出几丝残忍。

看到戏场和自己家院子里一样蛮荒，尚智心中落去一些不快。哎，自己的人生都这样了，还想些做什么用。他决意走出戏场，却听台子上有人在念陈世美的戏词。

这是韩琦！

城南柳林池畔古庙之中，有一姓秦妇人。

随带两个孩子。

他母子三人杀坏，以除我心腹之患。

尚智上前接到：

哎呀，千岁。

小人生世以来连个鸡鸭鹅都未曾斩杀过，

焉敢杀人？

那人开始用上了唱腔：

走。

好一韩琦。

本宫令竟敢不遵。

难道你不怕死吗？

尚智也用上了唱腔：

千岁吩咐，千岁吩咐。

17.

尚智见台子上那人言毕静悄悄的，尚智在这边隔着淡墨的黑，把目光收拢到一起，盯着那个哐啷大的戏台子上，想知道这是人是鬼，戏台子上比戏场中要黑暗一些，看不见任何人。

尚智喊道：“哎，是人不。要不是，你赶紧回去，别出来害人。”

唱戏的胆子都大。

半晌没声响，尚智有点错乱，以为自己刚才发神经呢，幸好这边没人，不然吓着人了。

尚智看了看四周，荒凉得让人有点凄楚。

“子才，你回来了啊。”

从黑暗中传出一个锈迹斑斑的声音，声音打着旋儿触到空旷无人的峭壁上，碰撞着摇摇欲坠的枯叶。

尚智问：“谁呀，你是？”

“我是万虎呀。”

“哎呀，万虎呀。”

赵万虎当年的角色就是陈世美。

“这些年很少见你啊，你去哪里呢？”尚智追问着，没等赵万虎走到跟前来。

赵万虎从戏台口跳了下来。

“你个老东西，现在还能有这身手。”

赵万虎走近尚智说：“我这些年一直在西安呢，在一个剧团，一直干着老本行。”

“哎，还是你命好呀。什么时候回来的？”

“今天早上，这次回来不走了，打算死在这儿。”

“孩子们呢？”

“都在西安呢，他们是不会回来了。”

“哎，我们那一拨人，最你活势好。”

“都一样，一个人一个活法。”

“走走，一起吃饭去。”

“好，你什么时候回来的。”

“我昨晚半夜到的。”

尚智接着补充道：“咱们到长水家吃吧，我家还没收拾出来呢。”

“哎，你们家还好，我家基本上是全塌了，我这好多年都没回来了。”

“是呀，是呀，我们都以为你这辈子不会回来了。”

18.

尚智晚上做了个梦，梦中的秀芹在戏台子上牵着两个孩子，跪倒在韩琦的脚下，求饶命。秀芹还是那么年轻。

赵万虎在尚智家里住了几天，他们一起把尚智家里给整治了一下，然后搭上火一起做饭吃。

尚智问赵万虎：“你女人哪里去了？”

赵万虎说：“胃癌，死了四年了。“

尚智接着问：“那现在你家那院子都那样了，还怎么住呀。”

赵万虎说：“金平家要搬家到新疆去了，院子我打算买下来，这几天金平正在卖家里的东西呢。”

“他爹去世还不到三年啊，怎么就要搬走了，三年纸还没烧呢。”

“哎，赵金平就是个不孝儿，你看他老母都七十五岁了，到新疆去还能活多少年。”

“是，现在的年轻人都二球得很。”

“你说他们家院子金平他爹花了多少心血积攒下的，他爹赵老杆可是个牛人啊，那章刻得一绝啊，当年在米粒上写的那字，还有村里那些年盖房子雕栋梁，都是赵老杆一手包啊。”

“恩，就他们家房子是一木到底啊，都是古董了，可惜啊。”

“现在的年轻人，都喜欢住楼房，谁还住我们这老房子。”

尚智和赵万虎躺在炕上，看着屋顶上的木梁。

“哎，秀芹后来有什么消息没。”

“没，我当她死了好多年了。”尚智肯定着。

第二日赵万虎就用一万元拿下了在他们心中当年村里最好的院子。

山赵家当年有七百多户人家，都姓赵，现在走的走、迁的迁，都不到一半了，新出生的小孩子凑不足一个班，村学被合并到镇里去了。

尚智说：“万虎，你这下可以有个地方等死了。”

赵万虎很是高兴，“是啊，能死在这里，是我最大的心愿。”

“我们才多老啊，就等着死呢。”

“哎，其实我在西安活了十年，就想到了要回家等死，好像很早就想这个事情，但是现在回来了，又想在这里多活了，不是很想死。”

“你个傻孙，哈哈哈哈。”

“今中午吃揪面片吧。”

“洋芋搞烂些，老了，胃不行了”

这时有人走进院子，“哎，你俩在这儿啊。找你们半天了，长水让我给你俩送饺子来了。”进来的是长水的老婆。

“哎呀，你看，我们俩给你们添麻烦了。”

“哎，你们常年在外的，回来了，我们还不好好招待下。好好吃，我先回去了，碗明天再来拿。”

“好好。”

赵长水老婆走了。二人坐在家里的台子上，望着正午的太阳，吃上了饺子。在太阳绽开的时候，院子里的土有点冒起了，土开始冻了。

19.

第一场雪一夜之间覆盖了山赵家的山头。周围的山头被包得严严实实的，不留一点其他颜色。尚智每次看到家里的冬雪的时候，都会想到自己的死亡。大雪让尚智出现奇妙的冷静，感觉在这个季节死去，是最好的。透着一种无法用其他东西代替的安宁。

尚智早早醒来，看到赵万虎把头包得严严实实的在被子中睡着，炕凉了，他下去添了一篮子驴粪和一篮子玉米叶，重新点了火。先去扫了门外的，然后去公路上捡被雪压折的柳树枝。走到公路上时，看见有好多人已经在那里捡了，茫茫的雪堆中，人的脸都变了样子，刺眼的白让人都变成了黑点。

尚智捡了很大一捆，幸好有雪，他抓着下面那个最大的柳枝，一路把这些都拖回家。柳枝在雪上留下划痕，像极了被风吹皱了的云彩。

尚智到家后看见赵万虎还睡着，就问：“我们中午吃点什么？要不要就吃搅团吧。”

赵万虎没有答复。

“还睡啊。雪下得美得很，起来看看去呀，再不看就看不见了。院子里的雪是给你留的，等你起来扫呢。”

尚智见赵万虎没答复，上手去摸了摸炕，炕热乎着呢，然后摸了一下赵万虎，发现赵万虎凉透了。

“哎，万虎。”

“万虎？”

“你就这么死球了？”

“哎，你走得可真舒服啊。”

尚智出门去喊来隔壁几家人，一起商议看看这事情怎么办。

大家说先给赵万虎儿子他们打电话吧，然后找到赵万虎的手机，翻出电话簿，发现电话簿里面是空的。

大家都不知道如何是好。

“这老东西，刚刚买了金平家的院子，就死了，白买了啊。”

“赵万虎几年前就和老婆儿子分家了。我早就听说了，他也是个可怜人。这些年在外面做什么，谁知道啊。”

“那现在怎么办，凑付棺材板，葬了吧。”

“哎，他买的金平的院子中，金平给她娘前些年买的棺材板没带走，现在也算万虎的了，就给他做了吧。”

“你说，这万虎还真是有福之人啊，就这么安安静静地死了。”

“是，这是个苦命人，要是我死的时候这么好，也行啊。”

尚智说：“我找找万虎的行李，给他找件干净衣服，趁身子还没硬给穿上。”

尚智就在赵万虎的行李中找到了一本《铡美案》戏本，戏本中夹着 5000 元现金。这钱也够把赵万虎美美地葬了。

20.

葬了赵万虎后，尚智找了个好天气，准备好东西，去甘谷县提亲。收拾东西的时候，他发现赵万虎的手机忘了给装到棺材中。

他拿出自己的一个破烂的、红皮的工作笔记本，找到儿子赵发锁的电话，拿着去赵长水家，让赵长水帮自己打个电话。

赵发锁说，晚上从北京走，估计明下午到。

尚智说自己今天也出发。

尚智回来后，拿上东西锁了门。找了辆去镇里的摩托车搭了个顺风车。坐上去天水的汽车是中午以后了，看来到天水要住一晚。

第二天尚智到甘谷县城是早上十一点多，坐上去苏小红家的车，沿路都在融雪，车走得很慢，到了苏家山村口，看到儿子赵发锁和苏小红在等。

下车后，赵发锁接过去尚智的东西说：“爹，这就是苏小红。”

尚智看了一眼苏小红，围巾包得很严实，没看清脸。

苏小红说：“姨夫，你来了哈。”

“恩，是啊，天气冷，咱们赶紧走吧。”

“好。”

三人走进村口，很快到了苏小红家。

路上，尚智问苏小红，家里还有什么人了，苏小红说家里只有她和她娘两人。

进门口，苏小红的娘站在院子中迎着。

“哎呀，他姨夫，你来了啊。”

“是啊，她姨娘。”

“快快，屋里走。”

“好好。”

“小红啊，去打点热水，让你姨夫洗洗，这转眼就要改口叫爸了。”

“是啊是啊。”

“小红，那个暖壶里有热水，炉子上的也热了。”

屋子里的炉子上的铝壶已经开始冒起热气，水马上就开了。

21.

苏小红端着热水进到屋子里，她穿着干净，一头红发，一看就不是在山沟里能待住的女子。

“姨夫，你洗洗吧。”抬头看了一眼尚智。

尚智心里一紧，看到了苏小红鼻子下面那一颗小小的黑痣。有点惊了，紧紧盯着看了苏小红一眼，又马上收起了目光。

吃饭的时候，尚智已经没什么心思再提婚事这件事情。

倒是苏小红娘那边提起来了。

“赵家哥，我叫马桂花，是这边马家沟的人，到苏家山有三十年了，老东西死了二十年了，我一手把小红拉扯大，实在是不容易。”

看这话说的，尚智觉得下一步是要彩礼了，尚智也打听了，这边一般要六万六。

马桂花见尚智不言语接着说：“赵家哥，你这几年在银川光阴怎么样。”

“哎，不行啊，现在钱不好挣。”

尚智应了一句，但是心思还在苏小红鼻子下的那颗痣上面，那颗痣是越看越像在北京时候那个手机里的照片。

马桂花句句不离钱，赵发锁都听出了意思，尚智还是没答应。

饭后，苏小红和马桂花睡到了正房。

赵发锁和尚智睡到偏房。

躺下后，苏小红和马桂花商量起要多少彩礼的事情。

马桂花跟苏小红说：“看老赵不往上搭话啊，不知道什么个意思，也不提什么时间迎娶你。”

“发锁那边已经安排好了，家里都收拾了，年三十以前娶。”

“你这肚子转眼就大了，得赶紧啊。”

“娘，我就想给你多要点啊，以后就你一人活了，我也不能常回来了，多要钱，你养老。”

“那你明天跟发锁说说，让他老爹多出点儿。”

“睡吧。”

马桂花关了灯。

苏小红说：“发锁他爹，不喝酒不抽烟，就一个儿子，这么些年了，应该攒下不少钱。”

“嗯，睡吧。”

22.

尚智和赵发锁在屋子这边也聊了起来。

“爹，你怎么不搭话啊。”

“发锁，小红你认识多久了？知道这女子在北京干什么的不？”

“是，是在北京酒吧卖酒的，有时间还干个模特。”

“哦，你们在一起多长了？”

“爹，你到底什么意思啊。我们在一起有多半年了。”

“谁提出的结婚。”

“这不是怀上了吗，不结婚怎么办。”

“打胎。”

“爹，我看就结了算了吧，你担心钱？要不我和小红商量下，让她娘少要点儿，以后有钱了再给。”

“我看小红她娘，也不是个简单的女人啊。”

“发锁，这个女人不能要啊。”

“爹，你天天在外面丢人现眼的，这事情怎么了，你早不说，这节骨眼上说这个。”

尚智不语。

“到底是怎么回子事情吗。”

“反正你不能要这个女人，明天我们就回家去。”

“爹，你到底发什么神经啊。我不管什么事情，这婚就要结。”

“不能结。我还能害你吗？”

“难说，你天天出去讨吃讨喝的，就是在害我。”

尚智听到这话，上去给了赵发锁一个大嘴巴子，“不能结这婚。”

赵发锁上来就抓住尚智的衣领，在尚智胸前打了一拳头，把尚智打退了一步。

“发锁，你不要二球了，你这样让人家知道了，你还怎么做人。”

“你个老不死的，别和我说这些。”

“你就是个孽障。”

“还不是你害的。”

23.

第二日早上起来，马桂花准备的荷包蛋，吃毕。大家坐在一起看电视。尚智感觉胸前一阵一阵发紧，毕竟年纪大了，这儿子的拳头比其他人的可要重多了。赵发锁眼里的尚智俨然已经成为仇人了。

饭间，四人每个人心里都揣着事情，这顿饭吃得像临上刑场的最后一顿，各种滋味搅扰着。

饭后，赵发锁带着苏小红去镇里逛街去了，留下马桂花和尚智在家里磨叽。

马桂花等尚智开口提彩礼的事情，尚智等马桂花先说。

二人绕来绕去，把没用的话都说完了，有用的话没往桌子上放出来一句。

后来实在没得聊了。

马桂花就问到：“嫂子是怎么走的？”

尚智说：“病死的。死了有些年头了，孩子不记事情就死了。”

“那你后来没续个弦。”

“没，年纪大了，不填那个空。”

“哎呀，能找就找个，你才翻过 50 这个坎，日子还长呢。”

“哎，你家老头也死了好些年了吧。”

“是啊，丢下我娘俩日子难熬啊，现在小红找了个好对象，我也就没什么惦记的。”

尚智硬撑着笑。

尚智其实很怕麻烦，怕聊一些新话题，自己又要去应付新的回答，这些年在北京往那里一坐，什么话也没必要说，他习惯了这种简单的程序。

转眼要面对这些虚情假意，实在煎熬。

尚智说：“桂花啊，看你们也不容易啊，我们不想坑你啊。”

马桂花说：“没事没事，孩子们满意就行啊。”

“我说的不是那个意思。”

“那你是什么意思。”

“发锁有病。”

24.

“怎么会呢，看孩子还行啊，看他好好的。”

“我们家的人都有，是遗传的。他姑在 20 多岁就死了，我们家里的女的都活不过 30。”

“这是什么病，这么孽障。”

“遗传的皮肤病，医院查不出来。”

“那可怎么弄。”

“桂花，这个病男的在20多岁就发病了，发锁快了，本来我就不想告诉你们的，想着先给孩子娶上女人再说，看到你和小红这光景，不忍心了。”

“哎呀，大哥，你可是个好心人呢。”

说到这里，两下都沉默了，世界变成一面镜子，都想从镜子中看到自己的反应，但是世界又不是镜子，是浆糊了，分不清这到底怎么了。

尚智颓然地站起来说要出去遛遛。

马桂花说：“可以去我们村子里看看，我们村子还是很不错的。”

尚智走到院子里，看见太阳快到头顶，脚上没了力气，像抽了筋。

糨糊好像开始僵硬，要把尚智封闭住一样，尚智感觉喘不上气了，出了村道，尚智想爬到山顶去看看，透下气。

满目是凄凉，梯田层层叠叠，像玉帝在撒尿时泛起的一层层涟漪。有些地方还浮着一些雪迹，正等待着太阳的又一次考验。

沿着山势往上走，有些吃力，尚智已经气喘吁吁。一只蛤蟆从左边的地头滚了下来，这么冷的天，少见。

蛤蟆滚下来后，在那边装死了一会儿，然后翻起来往右边的地头大步流星地走去了，这时候天上下来一只鹰，往蛤蟆那边飞了过去，眼看鹰就要抓住蛤蟆的时候，大鹰一个提升，升空了，尚智把脖子仰到最深，看见满满的空中，就只有一只大鹰。

25.

尚智走到山顶时，路面开始被雪水浸的都变成了泥，尚智看到一个老头刚刚还在地头，突然就不见了踪迹，大白天的，吓人。尚智上前去查看究竟，发现那人大冬天的在那里挖井。

“老哥，这冻土的，你怎么现在打井啊。”

“你从哪里过来的？”那人在刚挖了半人深的坑里面发出一句很抵触的问话。

“我从静宁那边来的。”

“哦，你们那边烧鸡好吃。”

“是呢，是呢。你打井，没人给你送土，一个人多吃力。”

“你少管我。你走开。你死远点。”

尚智有点怕了，觉得这人神经有问题，就快步走了，走到公路上，远远望去，看见脚下的山被远山阻隔住，对面山体的唯一的路像一条腰带绕在那里。

赵发锁带着苏小红回来后，见尚智不在，心里生了点怯意，想着尚智是不是走了，赵发锁主要是死也不想回到山赵家那个家了。

这一趟出去和苏小红聊了聊，赵发锁被苏小红说动了，有点想入赘。

尚智断然是不会同意赵发锁有这个想法的。

赵发锁因为昨夜给了尚智两拳，现在他已经把自己设定成了尚智的仇人，这种仇恨夹着怨念，像包浆一样附在手串上，由怨念变成仇人，赵发锁现在变成了一个充满破坏力的物体。

尚智在山顶下定了一个主意，怎么着也不能让赵发锁娶这门亲，办完这件事，就回家安安静静等死。

尚智沿着上山的路回家，路上遇到几个小孩，跑得很着急，然后看到他们跑到刚才看见的打井人那边去了。

尚智到马桂花家里时，赶上吃中午饭，看到苏小红换了个发型，这个发型愈加证实了尚智的判断，苏小红就是手机中的那个女人。

尚智不由看看苏小红的肚子，又生了一层顾虑，这个孩子是不是赵家的种。尚智这么一想，又把自己推了一下，推得更远了些。尚智好不容易吃下一碗面条，一个人吃完坐在那里，赵发锁这时候进来坐下。

“爹，你到底怎么想的。”

“发锁，我见过小红和其他男人的很多照片。”

“什么照片。”

“就是没穿衣服的那种。”

“怎么可能。”

“真的，我捡了一个手机。”

“手机呢？”

“老夏拿走了。”

“爹，你就整天胡说。”

“那个孩子真的是你的吗？”

赵发锁站起来，不说话，硬生生地看着尚智。

26.

马桂花在院子西侧的厨房洗碗，厨房透着由里向外的油渍，这间屋子也有了些年纪。

苏小红和马桂花在这个油迹斑斑、黑咕隆咚的厨房中商议一个决定两位女人下半生命运的决定。

“小红，发锁有病。”

“什么病？怎么可能。”

“他爹早上亲口告诉我的。”

“什么病？”

“他们家遗传的，说是活过30岁了才能活下去，活不过就死了。”

“胡说，怎么会有这种病。”

“真的。”

“他爹是不同意我和发锁才这么胡说的。”

“万一是真的，你要想好，那会守寡的。”

“娘，不可能有这种病吧。”

“难说，前些年村子里什么病都有。”

“可是发锁现在有十多万存款呢，能开一个店了。”

“那你想清楚，咱娘俩可不能没指望了。”

“嗯。”

“你还记得毛婶家的事情吧。”

“生孩子生出只猫，全家人后来都死了。”

“是啊，你也知道，怪得很，这谁都没胡编。”

“是呀，到底什么病，你问清楚了。”

“我一会儿再细致问问。”

“别问了，死活就这么着，嫁过去先开店。然后发锁万一有个好歹，我再说。”

“先不领结婚证。”

“嗯，先不扯那个证。”

“你肚子里的孩子怎么整。”

“我肚子里的孩子其实不是发锁的。”

“啊？”

27.

眼睛要吃人的赵发锁，无法理解尚智的无理取闹，两个壮实的男人没办法用沟通解决这件事情，也没办法用武力解决这件事情，屋子的气氛奇诡极了。远处传来一些鸡鸣狗叫，让他们觉得自己都还是个人。

赵发锁先发的话：“爹，我娘呢？”

“死了。”

“怎么死的？”

“病啊。”

“什么病？”

“心脏病。”

“你胡扯啥呢，心脏病能死人？”

“那你说什么病。”

“我娘，是不是和人跑了？”

“胡说。”

“山赵家人都这么说。”

“那时候你小，他们都逗你呢。”

“爹，你是不是对女人有看法。”

“别和我说这个。”

“爹，你也算文化人。”

“你娘是个好女人。”

“好女人和人跑了？”

“你长这么大了，怎么还是个混球啊，哪有这么说自己娘的。”

“我是狼心狗肺。”

“我看你就是狼心狗肺。”

“你今天不跟我说明白，我怕我做出让你想死的事情。”

“你做一个给我看看。”

“我要做上门女婿。”

尚智闭口，牙咬得嘎嘎响。

28.

厨房中麦秆燃尽后的青烟，夹杂着一个年轻女人对自己母亲剖解开的一个秘密，正在升空，挤出烟囱后被天空瞬即隐藏。

“娘，这些年，我在外面混得很不如意。”

马桂花感觉有些吃力。

“外面的世界，太大了，我都有些不知道怎么办。”

马桂花有些站不住，围着大锅台蹲了下来。

“没上什么学，刚开始在平谷的服装厂，每天 18 个小时的班，还不能不干，老板扣着工资半年发一次，来月经了，我都借钱买卫生巾。娘，这些我都没说过，我们都命苦，家里没个男的，不得靠自己吗。说了有什么用，我们还不得活着。”

马桂花软在地上。

“后来，我就去卖酒了，挣得多，也喝得多。被人家摸来摸去的，刚开始还不习惯，白天睡觉，晚上就去卖酒。”

“后来就有老板开高价，陪他们一晚上，就给1000元，我没去。”

“后来，没法干，天天打架，刀子都见红，我就辞职了。”

马桂花眼巴巴看着苏小红。

“去理发店当洗头妹，认识一个老板，第三次来就给我两万小费，娘啊，我一年，攒不下两万啊，一下子给两万小费，什么都不要，就给你，头一次觉得挣钱这么容易。”

“你个贼女子，钱是那么容易拿的吗，都是我这个娘啊，没好好教育你。”

“娘，一年级的时候，王老师讲了一个事，村里的傻五小，到别人家拿了一根针回来，傻五娘说，我孩子真好，还给家里拿针了。傻五后来就拿了一捆线，他娘又夸他，他后来长大了就拿钱，最后坐监狱去了。傻五娘去监狱看他，傻五说要吃娘的奶，娘看着可怜，就给他吃，傻五一口咬掉了娘的乳头，娘当场就疼晕过去了。我一直记着这个事情呢，但是后来发现活着不是能听几个道理就能活下去的。”

“哎，我娃命苦啊。”

29.

赵发锁和尚智都不言不语。空气中像被人灌了东西，很重很浊，二人是陌生人也没这么难打交道。

现在对方像长在自己眼睛中的顽疾，拔也拔不干净，想撇清关系又没了办法。

赵发锁穿着牛仔裤，上身是棕色的皮夹克，头发上有几处漂了点颜色，看上去像个混混。苏小红走到这间房中，给尚智和赵发锁的杯子里面加了水，填了几个馍，然后示意赵发锁出去。

随之进来的是马桂花，马桂花坐下来，从盘子中抓起几粒瓜子，刻意磕了几个，瞄了瞄尚智，想和尚智说点什么，但是看到尚智又没什么意思说话，尚智眯着眼睛假装瞌睡。

马桂花有点憋不住了："发锁他爹，你看两孩子都挺合适的，这婚事，年前能给办了吗？"

"嗯，桂花，你和小红商量了。"

"嗯，商量了，小红说就看眼前，以后的事情，以后再看。"

"那你看怎么办？"

"婚事你们看着办，我们这边送亲去28个人。你们得包一辆大车拉送亲的，再找个轿车打头。"

"嗯。"

"再有就是，我们要找个媒人，当当样子，形式还是要走下。"

"好。"

"然后，今晚上，我找我们家其他掌事的来下，和你商量商量其他的事情。"

尚智心知肚明的，这是要提钱啊。

尚智有点急了，但是晚上来人多了，还更不好说了，这时候先说清楚还是好点。

"桂花，你看我们能不能先商量下。"

"嗯，你说。"

“你看着彩礼，怎么弄。”

“我们这边陪嫁是一个电视、一个冰箱。现在都不这么买了，直接把钱给孩子就行。”

“嗯，你们这边还是有钱啊，我们那边都寒酸得很，给几千元陪嫁。”

“哎，这些年都时兴起来的，我那时候嫁来时，就两个红漆箱子。”

“嗯，那时候都兴那个。”

“彩礼，这边现在时兴六万六，全包。”

“哦，六万六。”

“嗯。”

“桂花，你看，现在是这样，我和发锁商议下，然后晚上了找你们这边家门的男人商量。”

“嗯，小红上面还有个奶奶，在她三爹家。小红爹有三个弟兄。小红出嫁，得他们张罗下，我这一个妇道人家，哎，没什么本事。”

“嗯，赶紧把这事情定了，我想明天一早就回去呢。”

“这么急啊。”

“来两天了，这要是我们那边去提亲的，都得当天回。”

“这不是远吗，不管那事。”

“嗯，我是想回去早些备些东西。”

30.

夜色爬上院墙的时候，苏小红家族那些男的，陆陆续续走了进来，进来后都故作客气地和尚智还有发锁问这问那，苏小红不断给他们的茶杯中添水，每个人灌了一肚子茶水后，开始商量苏小红这婚事。

一个男的起头就说了，说马桂花说了六万六，不行，这女人啊，什么都不知道，大门不出二门不迈的，人家都十多万了，她还六万六，都是老皇历了，怎么的也得八万八啊。

尚智看了看发锁，发锁低着头，没什么言语。

尚智又看了看小红，小红也低着头，看样子这是小红和马桂花早通了气的，知道发锁现在有 10 万，这是要一次性给掏空啊。

尚智这间隙听不进去这些人的言语了。

他掂量着，这些钱要是这么就没了，发锁和自己这些年白辛苦了不说，这发锁眼看就要到犯病的年纪了，娶个传香火的女人也没了资本。他越想越多，想到还是当个乞丐来的自在，要不是秀芹当年生了这么一个儿子，自己倒是好过多了，你看赵万虎死得多容易，尚智想着自己要是能死这么容易该多好。

最后的结局就是他答应给八万八彩礼。

夜色被冷空气凝得异常黑。

尚智睡到一半，下了地，走到院子中间，先是跪在院子中，朝天磕了三下，然后站起来，静默着，在院子里藏在黑暗和寒冷中走来走去，大约有一个小时，身子凉透了，把自己变成了一根人肉冰棍。

这根“冰棍”偷偷推开马桂花的房门，用白天从桌子上藏进兜里的打火机早早打着了火，怕进屋子后吵醒马桂花和苏小红，他在门外打着火，一个右手大拇指死命压着气阀，火传递过齿轮，有点烫手，尚智透着火苗判定苏小红和马桂花的位置。

31.

尚智用最快的速度钻进马桂花的被窝，尚智钻进去后多么想让马桂花在第一时间发现自己在这个被窝中。

可是马桂花和苏小红任何一个人都没有反应。

尚智躺在那里等着熟悉屋子中的黑暗。

眼睛熟悉了屋子中的黑，尚智都能看到房梁上的陈旧红字对联。

马桂花似乎身体对于尚智这根冰棍有点感觉了，往左翻了个身子，继续睡着。

黑夜愈加让尚智想早点判自己一个死刑，他试着把双手伸出去拨弄马桂花一把，然后试探了几次，尚智的胆子略微大了一些，但上天没有给尚智丝毫减轻负担的意思，马桂花还是熟睡着。

尚智有些着急，反正结果是一样的，不如来点猛的。

尚智把一只手放到马桂花皱皱巴巴的乳房上，他发现自己的手这时候有点热了，起不到一下子让马桂花醒来的作用。

尚智使了点力气，发现马桂花不仅没有醒来，乳头还有了变化。

尚智有点心焦，额头上已经出了汗。

马桂花上来一只手，搭在尚智手上。

尚智想着，算了吧，赵发锁娶了苏小红又能怎么样，自己怎么这么蠢，一死，什么都干净了，管那么多做什么呢。

他突然想清楚了，这些不比自己儿子娶了苏小红干净多少。

尚智想逃，可是苏小红睁开了眼睛，叫了起来。

马桂花受惊，拉开了灯。

尚智在这个间隙已经站在了地上。

“娘，刚才他在炕上摸你呢。”

“胡说。”马桂花喊了下。

“真的。”苏小红说着。

“你出去。”马桂花怒斥了尚智一声。

32.

“娘，他太不要脸了，大半夜跑来我们屋子。”

“闭嘴，你穿上衣服出去。”马桂花对苏小红咆哮了。

苏小红裹上一件羽绒服出去了，跑到院子里大喊：“赵发锁，赵发锁，你是死猪吗？你爹都快成强奸犯了，你还在睡觉吗。”

苏小红打开大门，站在门前，朝着黑夜喊：“来人啊，来人啊，有人想强奸我妈。”

赵发锁跑出屋子，站在院子里，听苏小红喊，然后又跑出去。

赵发锁跑出去捂住苏小红的嘴：“你没脑子啊。你个死女人，怎么这么没脑子。”

苏小红挣扎不止。

赵发锁上前就给了一巴掌。

苏小红接着喊了起来，赵发锁极力制止着。

屋子中的马桂花和尚智僵持着，马桂花开口：“赵家哥，我哪里对不起你，我们都这把年纪了，你这样糟蹋我。”

“桂花，我其实是，哎，我也不知道我怎么想的。”

“你赶紧走吧，我家族那几个男人一会儿来了，你就走不了了，他们都下手狠，你赶紧走。”

“我，我觉得小红和发锁不合适。”

“嗯，你赶紧走吧，我女儿嫁什么人，也不嫁你儿子了，你快走。”

“我，那我走了。”

马桂花走到院子里，对门外喊：“发锁，快，和你爹走吧，一会儿就完了。”

赵发锁放开苏小红，看见苏小红嘴角被自己打出了血，没顾上再看什么，跑到屋子里抱上东西，走了。

转眼间，赵发锁就不知所踪了。

尚智望着茫茫黑夜，沿着那天上山的路走着。走到半山腰，看见苏小红家里人声吵扰。

尚智知道赵发锁这下子是恨透了自己，已经不想再说一句话，甚至想着要是没有这一生该有多好。

尚智觉得糟心透了，秀芹当年和其他男人跑了，儿子又和自己的关系难堪到这步田地。

33.

尚智等到第一趟车，然后回家，到家时又一个夜晚扑了上来。

还没进村，他就看到自己家那个位置冒着浓烟，人生鼎沸。尚智跑了过去，跑到门口见大家正站在那里围堵着自己家的草垛，周围已经堆好了土堆，以防火苗窜到其他地方去引燃没有瓜葛的东西。

“火没法救了，只能看着烧完了。”

“发现太晚了。”

“大冬天太干了。”

“草垛中全部是老鼠窟窿，火苗一下子就被吸了进去。”

“是发锁放的火，你儿子和你是仇人。”

“哎，子才，你这人命咋这么苦。”

尚智在自己的脑子中糅杂着这些话。

草垛得烧一整夜，火势小点后，人散了一部分，有几家挨着近的得值夜。

尚智没有一点恨意，回到家里，躺在冰凉的炕上，内心寒天冻地。

他半夜就醒了，出门去和值夜的人交了交心，说这个家就不要了，想卖掉，其他人劝他别想不开，还得活呢。

尚智说真不想要了，明天就出去打工，挣点钱回来给自己买棺材，现在就是一心想着早点死。

其他人说，尚智这院子现在估计一时半会儿是卖不掉的，村里的人在外面安了家的都不会回来了，在村里继续生活的都有家，要尚智院子干什么。

尚智最后就把院子托给这几个人，自己出了村。

34.

出了村子，他发现全世界没有一丝光亮。

最暖和的竟然还是那一堆被点燃的草垛。

过天水去北京，这趟实在不想再走，还是先上银川。车票还是涨了价，再有五天就过年了，车站的人多得让人心酸。

尚智坐上头一班车，车里面竟然还是那对父子，他俩每人一碗方便面，就可以一口气开到银川。车里就他们三人，凄凉得没人说话，车过隆德就上了高速。

到银川后，尚智在南门广场瞎逛，突然想起那个算命的瞎子，于是坐上公交车，从老城往新城去，到了火车站，没找到瞎子，找饭店吃了碗拉面，然后坐在火车站外面的台阶上，想来想去。

然后他发神经似的想到，得给发锁找来看看那个手机，这样自己似乎好受点，还有一种要了结般的如释重负。于是下决心再上北京找老夏，老夏的其他同事一定知道老夏的联系方式。

尚智琢磨了一会，觉得自己眼窝变深了，发觉自己突然有点老了。

火车是快天亮的时候路过邢台的，停车的时候，尚智在昏暗的灯下看见那人像老夏，老夏接过一个孩子，往出站口去了。

尚智没多想，立马下了车，追了上去，并喊着老夏。老夏没有回头，瞬时消失了。

尚智出到站口，看见老夏站在路灯下，周围司机，远远看见一辆面包车打着右转不见了。

“我听见你喊我了。”

“老夏，你怎么在这里？”

“老弟，你是回老家去了吗，走，找个地方先吃点暖和的。”

二人走到大街上，天还没亮根本没什么吃饭的地方。

“老弟，走，还是去我住的地方吧。”

“老夏，你怎么在这里？”

“我还有好事告诉你呢，上次那个手机，后来那个老板给了5万元呢，我给你留了3万。”

“我不要，你拿着。”

“得给你，我女婿不打算给你，我死命要来的。”

“你留着吧，我不要。”

“哎，这钱你要拿。”

“再说吧。”

“哎，你可不知道，那老板太有钱了。我现在就要跟着他干呢。”

35.

“干什么呢？”

“接孩子。”

“接孩子？”

“就从火车上接下来，然后送到面包车上，一次给500，这比扫马路强多了。”

“这不是卖孩子的吧，违法啊。”

“哎，那老板说了，我们只是接送，不直接卖，没事。”

“那可得小心啊。”

“我女婿现在也跟着那个老板干呢。”

“哎，说起来，那个手机里面的照片呢？我想要那些照片，我儿子搞了个对象竟然就是手机里面女的。”

“那个女的啊，是那个老板的小三。”

“嗯。”

“你儿子胆子够大啊。”

“哎，我给搅黄了。”

“那个老板估计不会放过那个女的。”

“都有孩子了。”

“是，我知道，那还是那个老板的。”

“那没照片，我怎么给我儿子说清楚啊。”

“还照片呢，我女婿耍心眼，留了几张，想多要点钱，差点被打死。”

“那可怎么办啊。”

“我女儿现在也跟着我女婿干呢。”

“你们就害人吧，你家孩子被抱走，你心急不。”

两人像那天坐在地下室中静默了，看着马上要露出地面的太阳，各自都叹了口气。

“老夏，我不跟你走了，我还是去北京了。”

“你要不和我们一起干吧，挣点钱回家等死。”

“哎，不，我还有一件事没办明白。”

“什么事？”

“跑了很多年的老婆，在北京，还没找到。”

太阳射出第一丝光亮，然后大片散开。

“哎，老夏，我真名叫赵子才，老早以前是唱戏的。”

荒凉往事

一

在我四岁之前，我很迷糊，因为我那时还没有被大娃家的狗咬，所以我对黑子没有记忆，我也从来不知道他就是我爹。我被大娃家的狗咬了以后，我才知道黑子就是我爹，所以是大娃家的狗把我的糊脑子咬清醒了。打那以后，黑子的印迹就像我右腿上的两个狗咬的一深一浅的牙印，一辈子印在我身上。

大娃家的狗是用狗绳拴在他们家门前的，那时大娃和他的兄弟们没有分家，一家老小几十口人都住一个大院子里，我和他的儿子二蛋曾结伙偷别人家洋芋来烧着吃过，所以我们在一起混。某天黄昏，我看见他家的狗哈喇子掉了一地，两眼直盯着我的白得跟萝卜似的大腿，因为我没有穿长裤，我很怕，就打算趁那只狗不注意时跑了。我拼命地朝大路跑去，耳边听到有人很泼妇地喊：“别跑了，站那里狗就不咬你。”我这才知道狗已经追上我了，我不敢站着让狗咬，便使劲儿地跑，突然我感到天转地昏，我被狗咬住右腿摔到水沟里。当时水沟里没有磨洋芋粉排出来的不白不黑有些臭味的枣红色水，我放心地躺在水沟里哭，那狗就跑远了。

我醒来时，就躺在大娃家的炕上，我很不舒服，那个有龅牙的泼妇说："让你站着，你就不听，跑啊，你能跑过四条腿的啊？"

我心里骂：你这个畜生，看我哪天扒了你的皮当毯子睡。还有你这个泼妇，那狗如果追的是你，你能站那儿不动吗？

回家后，我大伯骂："你这个狗日的，不读书，每天只知道耍，让你再出去。去找些狗哈喇子，抹上就好了。"他朝我吼完，朝站在门后的我娘说。

我娘说："应该找咬这崽子的那只狗。"

我很兴奋地说："是大娃家的黑狗咬了我。"我想让我娘把那只黑狗的牙给拔了，还想让我娘去骂骂那个长龅牙的泼妇。

炎夏，我就跟着种菜棚的二伯到菜棚里去睡觉，一般情况下我会看二伯不在时偷偷地拿起他的烟锅，装上烟丝，再咕噜咕噜地吸几下。第一次吸晕了，还吐了。二伯看见我黄得跟鸡屁股一样的脸以为我鬼上身了，就拿上冥钱和一碗水还有三只筷子给我送鬼。自那以后，我抽水烟就再也没有吐过。二伯也发现我抽烟，他就硬是没有告诉我娘。

我跟二伯的关系最好。二伯有个儿子，我只听过二伯儿子的几件事，可当问起时，他们总是回避。

看我的腿被狗咬了，二伯就一个人在菜棚里住，荒郊野地，没有多少人去。

"你的那条腿可不要废了，以后我老得走不动了，还要你种菜呢！"二伯提着刚刚用自己做的土枪打的两只野兔说，那兔子还血淋淋的。他穿着雨鞋，背着不知道多少年没有洗的帆布背包。

“我的腿不会废的，我还要扒了那狗的皮呢！”我只有对着二伯才能说出如此的话来。

二

我死心塌地地在自家的炕上躺了几天。大伯经常来看我，他总是嘴上骂个不停。前些年，他还帮我打过架。他拿着抽驴的皮鞭，帮我狠抽过村学的一个傻大个儿，那家伙不是个东西，他拿纸贴在我下巴上，然后点着火，还把我的手压在煤油灯上烤，弄得我体无完肤。大伯看我被折腾得可怜，就拿皮鞭抽了他一顿。这些年，大伯看着侄子一个个出生，也管不过来了，就到阳光充足的旮旯里闭着双眼拿烟锅抽烟，只要不死人，他才懒得管。

娘告诉我说：“大娃家的狗死了！”

我问：“我的腿还没有好呢，往后哪来的哈喇子抹？”

娘悲哀地叹气说：“留下痂就留下吧，也让你记得，别再胡闹了。”

我问娘那狗是怎么死的，娘说：“是被人药死的。”

我听了娘的话后，千思万想，是谁药死了这条狗。第二天二伯很高兴地说：“黑子回来了。”我娘收拾收拾家里。我知道黑子是我爹，我好像没有见过他，一点印象也没有。

我爹黑子回家后，我就不躺炕上了，我下炕了，腿上还绑着纱布，有血渗出的痕迹。黑子没有问我腿的事。他来的那天，他的弟兄都来了。黑子给了我一些糖和一个帆布书包，那书包在我的所有还没有上学的狗友中是最洋气的。我拿过来后幻想自己背上书包去学校找那个用火烧我下巴的人算账。

黑子回来时买了一台黑白电视机和一个架子车轮子。全村的人都来我家看电视了，黑子把电视机放到院子里，跟我后来去过的电影院一样。全村就一台电视机，我们家还有架子车运麦子，其他人家都用驴驮。二蛋的爹大娃是个老师，大娃说黑子是从金城回来的，金城很远，要坐好长时间的火车。

二蛋那家伙以前仗着自己的爹，去过不少地方，还坐过汽车，他说他也没有坐过火车，但他去过县城。每次听到二蛋说，我的眼前总能浮现一幅车水马龙的画面。二蛋还穿过皮鞋，我没有穿过，我看见黑子也穿了一双。

黑子回来的当天，他们都喝酒了。第二天清晨，娘叫我过去，我过去到娘住的正房前，站到院子里，透过窗户的格子，我看到黑子正站在炕上系裤子，他还穿着一条裤衩。他提上裤子后，紧紧地系上那条油光发亮的裤带。

娘说："这是你爹，快叫！"

我犹豫着："爹。"我弟弟这时候吓得哇哇大哭，他见不得生人，还小。

娘说："不认识了，才一年没见啊，也难怪，三岁前都不记事，现在才记事啊。像以前你半夜都不睡，就是他抱着你到天亮才睡，每天都那样。哎，那时你可害死人了，你弟弟可乖了，白天睡得好，晚上也睡得好，就你，晚上不睡。"

三

认识了黑子后，我就到二蛋家去玩，二蛋家里有很多老字画，都是大娃那几年在乡里当干部时别人送的东西，其中有一副是我爷爷为了计划生育的事送给他的。现在大娃因为没有文化被下放回家当老师了。大娃的老娘白发苍苍的坐在炕上，用一把很细密的篦子梳头。

大娃的老娘很有官腔地对我说：“你爹黑子回来了，他现在跟以前是不是一样黑啊？”

我看着她神志不清的样子，还以为自己的儿子在乡上当干部，我就说：“他的脸变得和你的头发一样白了。”说完我就抢了她的篦子，一溜烟到家里了。心想这下看那个老糊涂的婆子是不是还敢那样说我爹。

我把篦子给我穿着大补丁上打了小补丁的奶奶时，她问：“这是大娃他娘的吧？”

我回答说：“是啊。”

奶奶很害怕，颤抖着跟我说：“快还回去，不然就有事了。”

大伯骂我是个贼娃子，还骂我娘说：“看看你家的这个孽障，狗日的，不干好事。”

黑子拿出他刚刚削了皮做好的杏木皮鞭就抽我，我被打得抱着头在地上乱滚。我娘就跪下来求他们：“你们别打了，打死了该怎么办呢？”

这让我想起我爷爷在早起围着火炉子熬茶时说的话：“你是我去捡羊粪时捡来的。”他说完后给我的小杯子里倒了头杯茶说：“咱爷俩喝。”我便拿起我的茶杯闭上眼咬着牙跟喝毒药一般喝了下去。至今还记得头杯茶的劲儿，那茶喝了一天都不乏，很有精神。

我那次被打得好几天不能动弹。每天早起黑子像爷爷一样烟熏火燎地点火熬茶喝，他总是喝不了头杯茶，熬好了就倒掉，再续上水，熬第二杯。我看着都有口水了。后来的几天，我很没有精神，娘就知道我被爷爷惯下的茶瘾犯了，得喝头杯茶。

娘跟黑子说：“你让他也喝点，他不喝茶没精气神。”

黑子喊我：“过来吧，带上杯子。”我就光着脚下了炕跑到黑子旁边蹲着。看他一口一口撕我娘烙的饼，吃得很香，我也撕上一口放到嘴里，再喝上一口茶。

我问黑子：“你能不能把第一罐给我啊？你给我的不够劲儿。”

黑子摸着我刚刚被二伯剃得光秃秃的头说：“你瘾还挺重啊！”

喝完茶他便拿出他用捡来的肉罐头盒做的烟盒，再撕上从邻家一个上初中的小哥那里要来的废纸，撕成小条，然后捏上烟丝，再卷成小棒。我只抽过二伯的水烟，没抽过这种旱烟，我就看着他一口一口地吐着烟，心里想啊，哪天也偷着抽上几口。

黑子从外村买了两头大黄牛，然后把爷爷买的两头小驴给了姑姑家。他还买了铁犁，把我家的木犁给扔到柴火堆里去了。两头大黄牛耕地比以前的两头驴快很多，翻的地很深。村里人都想有两头大黄牛。当然，有了大黄牛，得有架子车，不然牛是不会驮东西的，只能拉车。

黑子要带我去县城，这天雾气很大。我们先是坐上牛车，一路从天蒙蒙亮走到大亮才到了镇里。露水落在衣服上，像扒了皮的柚子，疙疙瘩瘩的。牛车一路上扭扭捏捏地翻了好几座山，我们坐上去县里的拖拉机，那拖拉机的烟筒突突地冒着黑烟，吧嗒嗒吧嗒嗒地向前跑。黑子脱下他的军用大衣给我披上，我这会儿冻得脚都麻了。

到了县城天很阴沉，人却很多，挤得不得了，走路走不动。县城正在开物品交流会，全县的人都要聚在这里。我望着那无比宽阔的柏油路，感觉很害怕，从来没有见过这么宽的路，也从来没有见过这么多的人。

阴郁的天使我的心情很糟糕，快下雨前的大雾笼着县城的轮廓，使县城在我心里更是充满了迷茫，我使劲拽着黑子的大衣襟。

黑子问："以后想上学吗？就到这里来上？"

我高兴地说："想啊。"

黑子带着我到书店买了一本《新华字典》。接着我们买了一辆红旗牌的自行车，然后到拉面馆去吃拉面。他往我的碗里加了好多醋，还加了一个鸡蛋。那鸡蛋是枣红色的，听说叫茶叶蛋。我用筷子把面捞起来往嘴里塞，吃完面，喝了汤，再用舌头把碗舔干净，一滴也不剩。黑子望着我吃惊地说："这么能吃。"饭后，我们去买了把篦子给奶奶用。

回家时在拖拉机的大车厢里，我问黑子："我是你生的吗？"

黑子看着我说："你是你娘生的。"

我还在想爷爷说的那句我是捡来的话，看着横放在车厢里的自行车，想起二蛋总是说坐过汽车，心里不由产生一种自卑感。站在拖拉机上迎面吹着冷风，看到其他人脸冻得发青，我不由感到乏味，伸手摸了摸装在我口袋里给奶奶的篦子。

四

我跟二蛋讲，我家什么都有了。二蛋就儿在那捡起地上的一块石头，扔到这边来，正好打在我那干裂瘪小的嘴上。顿时，我的嘴如同发了的面，一下子胀了起来，肿得不能说话，也不能吃饭。去村医那里缝了几针。

娘说："二蛋的奶奶叫你给吓痴了，现在偏瘫了，二蛋家里要找你算账呢！"

我很害怕地说："怎么会那样，我没有吓她。"我很委屈，充满了困惑。

娘坐到炕沿上对我讲话，谁是自个儿给自个儿起的名，继承了我爷爷的一点才气，我爷爷那时还是个秀才。黑子在家里时叫国安，是我爷爷那时按我们家祖上的辈分起的名，黑子那辈就是"国"字辈的。

爷爷因为生了六个儿子所以家里是吃了上顿没下顿，家里只有两条完整的裤子。在断粮好几天后，爷爷给黑子和他的五儿子穿上仅有的两条完整的裤子，在邻家借了两个玉米饼，让黑子当礼带上到邻乡的姨家借救济粮，不然家里人就会饿死。

黑子和他的弟弟小五沿着小道抄近路往他姨家赶，走到半道饿得死去活来的，他们就干脆把那两个玉米饼一人一个给吃了。吃完后才想到到姨家借不到粮回去肯定被爷爷打个半死，他们便跳到公社的玉米地里偷了两个南瓜直奔他姨家去了，他姨见了他们感激地哭了。

黑子姨说："看孩子穷的，可怜啊，几十里路，没有什么拿的，拿这么大两个南瓜。"说着她就哭得更厉害了。

黑子和小五说："我们家里好多天没有东西吃了，爹说让您给先借些粮。"

黑子他姨家是个地主成分，那时很有钱。俗话说，饿死的骆驼比马大，黑子的姨家过得还行。他娘家也是个大地主，有几百头羊和几十匹马，黑子他娘的父亲把几个女儿都嫁给了富人家，谁知后来政策变了，贫下中农才是最光荣的。黑子他娘嫁给黑子他爹一个穷秀才沾了不少光，可就是没有饭吃。

黑子的姨给黑子他们装了满满两袋粮食，叫黑子和小五背回去。黑子姨家有个五岁的小孩，闹着从黑子和小五那里要好吃的，小五看他闹腾得不行，就从自个儿的口袋里拿出路上就着玉米饼吃剩下的半个大蒜给那小孩吃了。谁知把那小孩辣得满地打滚，等给黑子做饭的姨赶过来时，小孩已经咬断舌头死了，那小孩本来有羊癫风。

大娃的爹当时因为自己的老婆和当时一个从城市来插队的小伙偷情被他亲自抓到后，就在那个小伙回城以后要了个"肃清队"队长的职务，大娃的娘因偷情换来了大娃家几辈人的好生活，直到后来，大娃的爹也没有把那个小伙子的名字报上去，那件事就随着大娃的爹埋进了黄土。

大娃的爹抓着小五不放，黑子看自己的兄弟可怜，就让大娃的爹把自己抓起来。

大娃的爹抓着黑子娘是地主的女儿不放，硬说她是走资派，反动派，要批斗她，还指使自己的儿子杀人。黑子的娘被抓起来，把头发全部剃了，带上高帽子，挂上牌子到处游行。黑子的爹就在别人斗完自己的女人时给她送饭。黑子的爹因为是个穷秀才，也没有人敢说三道四，他每日读四书五经，还会不知道自己老婆是什么。当年，黑子的娘就是看上了黑子爹的才华才嫁了这么一个穷秀才的。

大娃他爹批斗黑子娘的时候，黑子从他娘身上摸出了一把木篦子就拿回家去给自己那个偷过情的女人了。

五

我知道我从大娃他娘那儿拿的那个篦子是我奶奶的以后，寒冬腊月似风般从北方刮来，覆盖了整个村子。村里人像卧居的蚯蚓似的统统都闭不出户了。

黑子又从县里买来了炉子，还用牛车拉来了炭。他换掉了我家里那个我爷爷用泥巴堆的炉子，换上了铁炉子，还把烟筒接上，一直接到房檐外面。他看着以前被烟熏得很黑的屋顶说："明年开春换新房。"

房子里生了火以后很暖，而且不像以前有风时烟走不出去，呛得人眼泪直冒，现在房里一点烟都没有。

大娃来找黑子说："我娘那病你看着办吧，你家那个孽障干得好事。"

黑子什么也没有说，走到院子里，在石磨那里坐下来抽上旱烟，大娃也从上房里下了台子走到院子里，他也拿上烟卷了起来。

黑子对我娘说："娃他娘，做饭吃吧，大娃也在咱家吃。"

他们在我家院子里的石磨上坐着，直到我娘做好饭也没有说一句话。饭后，黑子给了大娃一沓钱，还送他出了门，然后进去坐在炕上喊我过去。

我跑到娘那里，怕黑子因为我惹的祸而像上次那样打我。我娘就带着我去了黑子那里。

娘说："别怕，他不会打你的，你还记得大娃家那只咬了你的狗吗？就是你爹叫他的兄弟给药死的。"

我惊讶地说："他是怎么做到的。"

娘笑着说："他？我也不知道。"

我走到黑子面前，黑子看着我的脸说："这娃的脸像我。"

我奇怪，说："我的脸很黑吗？"

娘又笑了："他是说你的脸不黑。"

在黑子被大娃的爹就是当时的"肃清队"队长抓起来后，把他的头塞进当时的大化肥坑里。那个坑里是被动物的尸体和各种植物的茎秆填满的，里面倒满了大粪，包括人和动物的。把这些东西塞满后的在那里闷上一年，第二年播种时，再让人们把那些挖出来。

因为那些东西很混杂，他们就逼着人用手挖。那时，那个大化肥坑里就爬满了蟾蜍、蜈蚣、毒蛇等很多有毒的东西，人们有不小心被吓傻的，还有被咬死的。他们逼着人忍着臭气抵着呕吐用手往外挖。

娘说："那时那些当官的就是畜生，他们宁可把家禽埋到化肥坑里，也不让人们宰了吃，他们从来不把人当人。"

黑子就是被大娃的爹把头塞进那个大化肥坑里后变成了黑脸，黑得跟炭一样。他后来上了学，人们就叫他黑子了。

大化肥坑可能有毒，人只要掉进去就会变成黑的，可掉进去的人却都能活着出来。

娘说：“大娃有一次不小心掉了下去，大家都希望大娃被里面的毒虫毒死，可大娃还是活着上来了。村人们都说老天不长眼，应该让大娃死，大娃爹绝了后，就不再那么嚣张了。”奶奶也这么说，只有爷爷从来没有这么说过。

大娃被捞上来后，全身都变黑了，可他却一点也没有事。

国家提出了一个计划生育的政策，大娃的爹当了计划生育的队长，就先找上了我爷爷。爷爷养了六个儿子，大娃的爹要法办他。爷爷就在这会儿把自个儿的一副字画送到了大娃家，还跪在大娃的爹面前，大娃的爹这才放过了爷爷一家子可怜的人。

黑子在上学时被学校的体育老师看上了，把他带到体育队里，让他学习打篮球、乒乓球，还学体操。全民健身运动在毛主席的号召下被所有人看得无比重要。黑子自从脸变黑后比以前更有力气了，他不论在哪方面都很优秀，代表学校去和其他学校比赛拿了很多奖。他每次都拿回比赛奖励的运动装。爷爷为了让他多拿衣服回来，就给黑子的其他兄弟吃玉米面，给黑子吃白面。到后来，爷爷家的六个儿子都穿上了黑子带回来的运动服，爷爷也有一件。他们穿上运动服，胸前别着一枚毛主席头像，看上去很洋气，别提多神气了。

村里来了招兵的，黑子报了名，村里只有一个名额。大娃也报了名，招兵的解放军就看上黑子，给他提前发了军装，黑子就穿上新军装到处转，爷爷也挺直了腰，有了秀才的精气神。

爷爷想，除了穿运动服的儿子还有个穿军装的儿子，他自己可满足了。好景不长，大娃的爹拿着黑子在当运动员时发表在报纸上的几篇文章去找那个招兵的解放军查了资料，黑子的爹是中农，娘是地主成分。黑子以前在当运动员时为了吃饱饭还给广播站和报馆写过文章，里面表达了不少对他娘的敬爱。大娃的爹揪着这些不放，招兵的解放军就狠心放下了政治背景不好的黑子，带走了一个白痴般什么也不会的大娃，把黑子一个既会体育也会写文章的好苗子撇下了。

大娃入伍后在部队看了病，吃了几年药，把全身变白了，三年后他转业回乡当了干部。大娃的娘离开大娃三年后看到大娃变白了后当了干部，她就明白了，脸白了就能当干部。

娘说："打那以后，大娃的娘就很神气，每天在腰带上挂着一串钥匙叮叮当当地在村子里串门，还故意把钥匙链换成铁的，生怕别人不知道。"奶奶也这样说。

黑子说："你把我的脸说变得跟她的头发一样白，她肯定吓死了，她会以为我这下当了官，来找他们家报仇，还要要回你奶奶的篦子，所以她吓瘫痪了。"

大娃回来当干部没几年，大娃的爹就死了。大娃的爹死的时候没有村里人去送终，因为他生前做的事太缺德，害死了不少人。大娃的爹死了，乡里的机构大瘦身，裁了大娃，让他回去当个教师。

六

春天很快来了，黑子拆了我家的房子，全部用砖砌上了墙，把房子的木头全部换了，把院子里的石磨全部迁走了，院子里用水泥铺了。他还把我家的大门用瓷砖给砌了。我放学后站在远处看我家，我家里最气派，比当教师的大娃家里有钱多了。

我背着黑子给我的帆布书包，里面装上他买的字典，去村学里上学了。大娃就在这个村学里教书，我时常看见他，一见他我就不顺心，一副当官的架子。

黑子没有入伍后，我爷爷就骂他："你写什么文章啊，好好当你的运动员不就行了。"

爷爷其实也是在责怪自己，他也是个秀才，每天写写字，黑子肯定就受影响了。

次年，黑子就去学木匠了，跟着村里辈分最高的木匠，跟他一起学木匠的还有大娃的弟弟二娃和他的堂弟银宝。二娃跟的是次辈的木匠，得管黑子叫师叔。银宝跟着的是外村再辈的木匠，那辈分更远了去了。

我们村的木匠收徒弟要考智力，不论是画线画图还是立体结构，还有对木头和泥土的熟悉程度。黑子因为学过几何还看过木头和泥土的比例列表，所以他干这行没问题，爷爷早就教过他了。他直接被辈分最高的师父收下了。小五这年被招兵的人招走了，去了一个不通信的地方当骑兵。

黑子学会了木匠在家里修修上房，修修猪圈什么的。刚出师，还没有名气，方圆邻村邻乡的还不会请他给自家盖房子。

爷爷眼看黑子到了娶媳妇的年龄，可是家里实在穷得没辙。老大、老二刚娶了媳妇，老三在前些年放羊时瘸了腿娶不了妻了，现在剩下老四。小五在外好多年没有音讯，小六还小。本想让小五在外混个大官，可是小五好多年音讯全无。正在黑子无法施展木匠手艺的时候，他师父接了一个活，说是邻村的一个富户家里要修一座大门，请了他。他的其余徒弟都有活了，正好黑子闲着，就带他去了。

富户家里有八个女儿，嫁了六个，还剩七姑娘和八姑娘。八姑娘要留着招上门女婿，七姑娘就是我娘，这是后来的事。

黑子跟着师父去富户家里修了一座大门，这可是细活，干不好要砸牌子的，以后就没有人请他们干活了，他们也就没有饭吃了。黑子跟着师父是用刨的、用雕的、用钻的，还是用钉的都细致入微。黑子和师父就在那儿干了一个月，一座气派的大门就起来了。路人都说活做得细，活做得好，还打听这是哪个村的哪个师父做的，要请他们来给自己家做。这样黑子就出了名，在当地是个有名的木匠了，人们叫他“黑木匠”或“黑师傅”。他便背着偏斧和刨子在各家各户做起了活。

黑子能挣钱了，口碑也不错，他做的活那叫个绝，谁见了都说好，不论是修房、做窗还是砌墙连做家具都不在话下，只要是家里的活他都能干，还能给家具上油漆，不用另请油漆工。黑子家里的生活也慢慢变好了。黑子的木匠活干的热火朝天时，二娃和银宝还没有出师。黑子的师父看黑子是块料子，就把自己的所有绝活都教给了他。

国家又恢复了高考，黑子报名参加了，他考体育，科科好成绩。过了几个月，录取通知书也发下来送到了家里。黑子把自己这些年挣得钱攒到一块看了看够上学的，他满怀希望地想去读大学。

爷爷对他说：“你大哥和二哥要分家，他们两家要分出去，你三哥一个人生活这么多年了也没事，可我和你娘谁来照顾呢？还有你的弟弟小六？”

黑子看着自己手中的钱说：“那我就不去了，在家养活您二老吧？”他拿着手中的一把碎钱回到屋里去了。

爷爷对着黑子的背影说：“娃，是你的命不好，你有出息，可命不让路给你啊，你得让路给命啊！小五出去好多年了，音讯全无，你得担起这个家啊。”

爷爷把大伯和二伯家分出去了，剩下黑子和小六在一个院子里。大伯和二伯分出去后和各自的媳妇生活，饿死了不理，撑死了活该。爷爷和奶奶只管给黑子娶个媳妇、让小五回来有个家、把小六养活成人。

七

我上学到二年级，学会了用黑子给我的《新华字典》，还考了个第一名，黑子高兴地说：“我那时也拿了好多第一名。”

学校有一次举行篮球比赛，我们每个年级比完，还有老师和村委会比。那次我看到黑子代村委会打球，他投了一个中线球，全操场的同学大呼“好”，就连站在学校外面路边看球的人都说黑子球打得好。比赛完了后，校长还要和黑子比乒乓球，我们都围过去看。黑子从来没有接不了的球，他打得很好看，整整一场球，我目不转睛地看完，黑子最后赢了。自己的爹赢了校长，我很得意。村长拉着黑子的手说要比比双杠，看看这些年有没有退步。

他们在那里有说有笑的，玩了半天才离开。放学后，我回到家，看到黑子在吃我娘做的面。

我问："你认识校长和村长？"

黑子满嘴大蒜味，说："我们以前都是一个体育队的。"然后他接着又大口吃上了。

我很吃惊，拿出老师布置的作文，却不知从什么地方下笔。黑子看到我咬笔不下字，就说教我写，我听着他说的什么倒叙的手法，就编了一个雨中的故事，第二天交了上去。星期六老师发下作文，我的作文被评了"优"，还被老师当范文给班里的同学读了。听着老师读黑子教我写的作文，我第一次感觉黑子是那么熟悉，第一次感觉到他就是我爹。

黑子没有上成大学，他的木匠师父就把他介绍给自己的老朋友，一个老艺人。那位老艺人是一个剧团的，老艺人不仅能做道具，还会唱戏，什么角儿都能唱，他的画脸谱手艺可是一绝，方圆几百里再也没有一个人会画。

黑子的师父把黑子介绍给老艺人是让他去学做道具，什么刀啊、矛呀的，都是古装戏里要用的东西。谁知黑子被这老艺人看上了，他就要黑子学唱戏，黑子背剧本背得快，入戏也很快，身材高大，脸盘也行，打上花脸，站到台子上有模有样的，是块唱戏的料。黑子从刚开始跑龙套到唱主角，还给剧团里修道具，什么都不落下。

逢年过节的，有其他人请剧团唱戏，黑子就是戏子。平日里黑子就是木匠，给各家各户修房做家具。那个曾找过黑子修了一座大门的富户家又要修一排黑瓦房，靠阳的，还要铺院子，进行大修一遍，富户又找上了黑子。

富户家嫁了六个女儿，一个女儿嫁出去几千元，也攒了好几万，所以富户家里是越来越有钱，他要把所有的旧房子全部翻新，家里人都搬出去了，七姑娘留在家里给木匠们做饭。七姑娘是在镇里的地毯厂里做工的，现在正是放假期间，得以有空帮帮她娘，所以就留下来给木匠们做饭了。

整整两个月的时间，黑子他们先是把旧房子拆了，再把新房子建起来，从砌墙到门窗，上漆、摆瓦，样样都精干细干。黑子这会儿已经是遐迩闻名的“大师傅”，他也收了几个徒弟，带着徒弟接活做，完完全全可以养家了。

富户看黑子人不错、有手艺，就是家里穷点也没有什么，有手艺不怕饿着了，就把七姑娘说给了黑子。爷爷和富户对了话，这事也就成了。七姑娘要到黑子家里看看，黑子也应了。可七姑娘第一天来时，村里正好是庙会，黑子唱戏去了，家里只有奶奶一个人。奶奶就给七姑娘做了中午吃过的剩饭。七姑娘很别扭，第一次见公婆竟是这待遇。她吃完饭就去看戏了，想看完戏就和黑子说道说道。哪知黑子忘了这事，和一起唱戏的同戏班的人闹去了。七姑娘就生气地回去了，把这事一五一十地给她爹道了个遍，加了不少醋和盐，看形势是不想嫁到黑子家去了。

富户知悉后，想黑子是不靠谱的人，也不放心在年前把女儿嫁过去，就打算等来年再说。

黑子回家后，听奶奶说来了个姑娘吃了剩饭就走了，爷爷这下急了，说：“你怎么给做剩饭？那是给黑子说的媳妇啊！”

奶奶说：“我也不晓得，看饭剩多了，怪可惜的。”

黑子连夜跑到富户家里去，富户让他留在家里把三十亩地全部翻了土后再商量此事。黑子拉着富户家里的两头大耕牛，连日连夜地干，富户家的地一大块一大块的，拐个弯一不小心就丢了生地，有时把熟地耕了两次。黑子就在大块地里很洒脱地翻地。富户的近邻都夸黑子，说富户找的女婿什么都能干。黑子这会儿想自己找不到媳妇要一辈子打光棍，就拼命地耕地，恨不得自己也变成一头牛去拉犁。

七姑娘看黑子累，每天早起做好饭送到地头去，黑子喊住牛，让牛歇着，自己也吃点饭。黑子很能吃，一口气就是四碗白唰唰的面片子，还是稠的，不喝汤。老黄牛在那里甩着尾巴赶蚊子，眼前瞅着黄土地，嘴里开始倒嚼着回肚的嫩草。七姑娘瞅着黑子饿疯了似的吃相，不由心生怜悯之心。

黑子把三十亩地耕完后，没有顾上管七姑娘的事，跑回家耕自家的地了，拉上两头小毛驴去耕自家一小块一小块的地。

又是一年年底，黑子骑着骡子戴着大红花到富户家里迎七姑娘，用牛车把七姑娘娶回了家。

八

黑子也从金城回来三年时间了，我慢慢习惯了叫他爹。

我爹回家后把我家的土炕拆了，换上了木床，还买来了电热毯，可我就是睡不惯，热得慌。还是土炕睡着好，脱光了衣服，在大炕上想怎么睡就怎么睡。

黑子娶了我娘之后，他们就一边种地一边养活爷爷和奶奶。这其中有一件事是村学的一个老师因为背字典背疯了不能教书，村委会就来叫黑子去代那个老师几个月的课，等那个老师病好了就回去。黑子便不做木匠到村学里去教课了。黑子教语文和全校的体育课。他又开始写文章了，就在他当老师的日子里，他给村学办了黑板报，每星期一板。黑子还给村学里做了篮板，让村学的孩子打篮球，直到我上了村学，那黑板和篮板也一直沿用着。

这一年，我出生了。黑子说："那一年的麦子，长得很高很高，和人一般高，是个大年景。"

爷爷捋着长胡子也点点头，笑了。爷爷的嘴里早没有牙了，奶奶的小脚一步一步地踏进踏出，老是不停。奶奶这辈小脚的人已经不多了。

我出生那一年的夏天某个晚上，家里人吃完了饭，点着煤油灯准备睡觉时，一个人从没有挂上门闩的大门里走进院子，走进上房里坐在大背椅上，放下自己手中的东西就直接开始大哭。爷爷和黑子都不知是怎么回事，拿着煤油灯靠近一看，这人穿着军装，再一看是小五。

"小五、小五"爷爷和黑子都大喊着。

奶奶跑上前抱着小五，"小五啊，你这些年哪去了，什么信儿都没有啊，我的眼睛都哭麻了，泪也哭干了，都以为你死了呢……"

全家人都在那儿哭成一团，我娘还没有摸清是啥情况，刚刚睡着的我被吵醒了，哇哇大哭起来。

爷爷说："黑子媳妇，你抱上娃娃来让小五看看。"我被我娘抱到小五身边，小五看清了我，没有看清我娘，隔好远叫了声："四嫂。"

小五说："我这些年刚开始当骑兵，后来骑兵不用了，又当了汽车兵，刚好有车经过咱家去拉煤，我就搭顺风车来了，明天一大早车回去我也就得跟着走了。"

爷爷说："赶紧做饭去，让他吃饱些。"

我娘说："哎！"就转身走出去了。

小五喊："爹，不用了。四嫂，你别做了。我带了些水果，我现在在外面吃得饱，穿得好。刚开始几年，我小，没有人管，一个人在部队上混，有时没鞋穿，有时没有钱用，有些时候也不知道什么时候就死了，永远见不到二老了。"说着他又哭了。

爷爷说："黑子叫你大哥家的、二哥家的，还有你三哥都来，让全家人见见面。"

黑子就奔出大门去了。

小五说："刚开始我给当官的洗袜子、洗衣服，巴结好他们。这几年，我也成了老兵，就有人给我洗衣服了，现在我学会了开汽车，好多了。"

奶奶听着又哭了起来。大伯家和二伯家的都来了，三伯也一瘸一拐地走进来了，小六刚从被窝里出来。大家都吃上了小五带来的水果、点心、面包。爷爷和奶奶眼里噙着泪水吃着从来没有见过的这些东西说："好甜，我娃有出息了。"

小五第二天就走了，爷爷奶奶给他带上了一双布鞋，黑子给了些零钱，我娘还纳了一双鞋垫给小五。

小五走后的第二年秋收，他开着军绿色的大汽车来了，两排的座位后面一个大得不得了的车厢。小五开着大汽车把家里的麦子拉回家，还把谷子和荞麦也拉回家，再把苜蓿也拉回家。村人们都没有见过汽车，小五就把汽车停在大涝坝边上，让村人们看看，但不能摸，摸坏了小五无法给公家交差。爷爷叫小六在那里站着看车，晚上就睡在驾驶室里，白天就开出去。

有一次小五的车厢里装满了人，村里想去县城的人都坐上，小五就开着车跑到镇里再跑到县里。村人们很兴奋，一眨眼就能让自己到县里的汽车以前从来没有见过，这下还能坐上去。

九

小五那年开车回家后，看见我娘，他惊讶了，原来他认识我娘，早就认识。

小五那会儿上学时就到处抓兔子、掏鸟窝，还带着一帮子人打架，累了就到放羊的窑里去铺上衣服睡觉。小五曾给镇上地毯厂的厂房里扔过石头，砸了不少东西，还砸伤了几个工人的头。我娘那时就在地毯厂里做工，而且也被砸伤了头。后来地毯厂的人抓住了小五，最后看小五瘦得可怜，身上穿得单薄，包里只装着个黑面的窝头还干得如同砖头，就放过了他。临走时，地毯厂的姑娘们还给他送了些不合格的地毯，说让他带回去剪了当鞋垫或铺在炕上，都会暖和些。小五很感激地毯厂的那些人，心里打下主意，以后发达了一定报答她们。

我娘这会儿还带着出生不久的我在地毯厂做工呢，小五开着大汽车又一次离开了家，家里一下子变得冷清了许多。

爷爷奶奶愁着给小六找媳妇，黑子也为小六娶媳妇的钱正着急每天找活干。他这会儿不在学校教书了，学校又调来了一个老师。那个背字典疯了的老师被送进了市里的精神病院。我娘就把自个儿在地毯厂认识的一个姑娘介绍给了小六，为这事黑子很感激我娘，认为全家都欠她的。

小六结婚后就要分家了，这是传统。

黑子说："分就分吧，把剩下的家产分成四份：我一份，小五一份，小六一份，还有您和我娘一份。"

爷爷请来了村里的长辈分了家，按规矩，爷爷奶奶留在了小六家里。

爷爷对黑子说："这些家产是你一个人挣来的，现在分成了四份，真是亏待你了啊！"

黑子对爷爷说："我有手艺，我会挣回来的，您老就放心吧。"

爷爷和奶奶说："弟兄六个，你读的书最多，你就吃点亏吧。"

黑子带着我娘住进了一座新院子，里面只有一间房，做饭、睡觉都在一间房里。地分得也是最差的，黑子看爷爷奶奶年纪大了，把近的、大块的地都给了小六家。黑子分到的家当只有两把铁锹和一把锄头，两袋粮食。

我娘对黑子说："这可怎么活啊。

黑子说："你别担心啊，我有手艺，我会养活你和娃的。"

我娘说："两袋粮食，吃到明年秋收，还没有牲口，你拿铁锹种地啊？"

黑子望着我娘，不知怎么回答她。第二天，黑子找来了石磨并架到院子里，说："我们就每天喝稀粥，咱们把粮食磨成粉。我再去干干木匠的活，到过节时或别人家办喜事时唱唱戏，日子总还是过得去的。”

就这样日子还算过得平淡，我就吃着娘的奶喝着稀粥慢慢长着。

一年又过了，爷爷奶奶拿着东西搬出了小六家，爷爷说：“和小六家过不到一起去，就搬到你三哥这儿来了。”

黑子说：“我三哥也不容易，单身一人，这么多年了，每天给别人家放羊混口饭吃，一个人住在这么小的房间里。三哥腿不利索，也不能照顾你们啊！”

爷爷说：“不用你们弟兄管，我们老两口死了，狗吃了也不叫你们来安葬。”奶奶盘着小脚，用系在身上的手绢擦着泪水盈盈的老眼，显得很悲凉。

奶奶要去找她爹和她的姐妹，爷爷说：“她们有的死了，有的老了，儿孙们和咱们的儿孙一样，时代变了。你去了，谁管你，你跟着我大半辈子了，这会儿快进土了，就在这窝着吧！”爷爷也哽咽了。

黑子叫来了大伯、二伯和小六，跟他们商量，谁来养活爷爷和奶奶。

大伯说：“咱们这么多弟兄，也不能让老三养活咱爹娘啊！”

大家陷入了沉思中，谁也不想养活老两口。老两口除了二亩地外，其他没有什么了，而且也没有了劳动力，去世了还要办丧礼，谁也不想花这钱啊。

十

爷爷奶奶就在三伯的房子里挤着，娘用分给黑子的两袋粮食养活六个人。六个人的日子两袋粮食哪里扛得住啊，几天时间袋子就给吃空了。

三伯瘸着腿跑到小六家去理论，误解了小六家两口子，结果一来二去得就吵伤了心，第二天，他就在小六家门前的石磨房里上吊死了。

奶奶听说三伯吊死了就昏过去了。发现三伯吊死的是小六的媳妇，她早起去石磨房里取驴鞍，打算往地里驮大粪，却看见三伯吊死在房梁上。她当时吓得神志不清，过了好多年才清醒过来。

黑子为自己的三哥请来大师傅做了棺材，还涂上了黑漆，上吊死了的人棺材上不能涂红漆。黑子请了教自己唱戏的老艺人为三伯看好了坟址，还请自己的木匠师父为三伯的棺材做了一个底座。

老艺人对黑子说："你是戏子，你以后死了也和你三哥一样进不了祖坟。你三哥是吊死的，不能进祖坟，还得半葬，不能全葬。我顺便看了个风水地，你死了就和你三哥躺到一块坟地里吧。"

黑子答应了，老艺人走了。黑子按照风俗给老艺人磕了头。黑子的师父也走了，黑子也磕了头。按办丧事的规矩，黑子没有给三伯做棺木，只是作为家属答谢了木匠们。

街坊们都帮着把黑子的三哥给葬了。再经过七七四十九天，每隔七天烧一次纸钱，直到第一百天烧了百天纸算完。

一百日后,爷爷对黑子说:"你请老艺人来给你三哥记了家谱吧。"

黑子去请老艺人到家里，老艺人已经老得不行了，身边带着小徒弟。老艺人介绍那是他的儿子，他要把手艺教给他儿子，就一直把儿子带在身边教，也让他多见见世面。

老艺人对爷爷说："你家三儿子没有子嗣，这家谱是不能写的，得有一个子嗣才能以他的名义写上去，你看现在……"

爷爷给老艺人回话："他没有娶妻，更别说有子嗣了，得想法儿把他写上去啊，不能让他做孤魂野鬼啊，中年就走了，可怜啊！"说着爷爷有些哽咽了，苍老的脸上写着中年丧子的悲恸。

老艺人降低了他傲慢的语调："那就在你孙子里找一个，过继一下，让他在家谱上是你三儿子的子嗣，给阎王爷看的，其他的就和原来一样。"

爷爷问了大伯和二伯，他们两位回家去和各自的媳妇商量了一下，结果都是不同意。爷爷的本意是让大伯同意，大伯有两个儿子一个女儿，女儿嫁给了一个煤矿工人。二伯有两个女儿，一个儿子，嫁了一个女儿，给了一个厨子。所以大伯家的儿子最合适。

爷爷又回过来问黑子，黑子对爷爷保证："爹，你放心，我一定把我儿子过继给三哥，不会让他做野地里的孤鬼。"

十一

小五收到三伯去世的信，就开着大汽车又回来了。他回来时，三伯已经安葬了，他责怪地问："为什么不等我回来见三哥一面？"他在三伯坟前哭得有气无力。他说："我现在开始挣钱了，想让家里的弟兄都过上好日子，可你就走了。"小五给三伯的坟前献上好烟，撒上好酒，把他从外面带回来的三伯生前都没有见过的东西都献在坟前。远远看见，野鸟们临空飞过时到三伯的坟上停留，啄食那些东西。

飞过的鸟多，鸟拉的屎也多，屎里的种子很快在坟堆上生根发芽，绿草如同播撒的粮食，此起彼伏。

在名义上我被过继给三伯当儿子，也就是说在黑子去世后，我不能在他的名义下上家谱，他还得生个儿子，女儿是不行的，女儿要给别人，不能记家谱的。

小五要回到部队，他为了报答黑子，给我寄了两年奶粉，我娘断了我的奶后，我就吃小五寄来的奶粉。小五离开家时，开着大汽车从县城拉回来了给爷爷奶奶死后做棺材的木板，他对大伯二伯还有黑子说："爹娘的棺木我买了，他们去了后也方便，我只能做这些了，爹娘现在没人养，爹娘就由你们来养活吧。"

黑子把爷爷奶奶接回了我们家，把爷爷奶奶丢在小六家的东西拿了过来，因为加了两口人，地也多了。爷爷奶奶的地是第一次国家分地时分的，那地实，比黑子那次分得多。黑子又开始忙活了，地多了，也就不愁没有吃的了。

黑子又开始干木匠了，老艺人要修一座大架的上房，就请了黑子。黑子这时是个大师傅，方圆的人家干正经的大事都愿意请能出来好活的师傅。

黑子带上几个小徒到老艺人家里去，还是上纲上线地干活，从来不敢马虎，给老艺人干活，那得用上心。

老艺人的脸老得跟半个核桃壳一样，修完了房，老艺人用剩下的板给自个儿准备了个棺材的木料，让黑子给他自己提前做个棺材。

黑子说："您老的棺木我不敢动，得让我老师父做了，我还不够辈呢！"

老艺人说："我的手艺有两种，一种是唱戏，另一种是画脸谱。唱戏我传给我儿子，让他养家糊口挣个饭钱。这脸谱咱们这个地区是只有我一个人会这门手艺，因为这门手艺在会的人未死之前，是不可传给他人的，还有一条就是画脸谱传男不传女，传外不传内。"

黑子问："为什么脸谱是传男不传女，传外不传内呢？"

老艺人慢慢说道："画脸谱者十有八九都是戏子，女人当戏子很可怜，而谁又愿意让自己的子嗣死后进不了祖坟？所以画脸谱的祖上们就定了这规矩。你现在会唱戏，也会吹打一些乐器，再学会我的画脸谱，你就全学会了，但你在死之前不能教给别人。"

黑子按照一贯的传统，跪下来给老艺人磕了三个头。老艺人说："你本性善良，所以我才把这个手艺教给你。"

黑子拿到了所有戏曲人物的脸谱的谱样和几种画法，再接受老艺人的细心指点，他经过几次实践，完完全全学会了。

黑子学会画脸谱，老艺人就要停止画脸谱，就是要忘记自己有这门手艺。

十二

老艺人升天了，黑子就做了画脸谱的独门传人。他辗转于大小戏班和剧团之间，最后被人请到省里的大剧团去了。黑子去了金城，是被人用小轿车接走的。黑子到省里的剧团唱戏去了。

二伯家的狗剩骑着驴去饮水，结果驴被从涝坝边上爬上来的蛤蟆惊了，狗剩掉下来还被驴在正胸口踢了一下，狗剩就这样死了。

爷爷对二伯说："这娃命贱啊！"

二伯就把狗剩这个没有长大的毛孩子的尸体放火烧了。二伯说：“我是造孽，我没有安好心，老天爷要来报应我。三弟死了，我没有把儿子过继，现在老天爷要回我儿子，我绝了后，这也是活该。”

乡政府在大路小巷的墙上先刷上白灰，再用大红漆写上“要想富，少生孩子多种树”。木头的价值一路上涨。人们一般不会大兴土木，做家具不如直接买家具，虽然不耐用，但受看。跟黑子一起学木匠的二娃和银宝也改行做了泥瓦匠，去外地砌砖头去了。

这时候的我每天和二蛋混在一块儿，偷别人家的洋芋来在土坳里挖个洞，再把洋芋放进去，在下面生上火，然后用土块垒住了，让它只能冒出烟不能冒出火。等自家的羊在河沟里吃饱了嫩草，洋芋也就烧熟了，我们扒开土块，拿出烫手的洋芋，拍掉上面的焦土，皮也不剥地塞进嘴里，全然不顾嘴烫，眼睛都冒水了。

省里的剧团生意不好，大家散伙了。黑子在省里干了几年时间，也有点积蓄了，他从金城坐上火车回家了。他回家前听说我被大娃家的狗咬了，便叫人弄死了那条狗。

十三

我习惯叫黑子爹后，我娘也不在地毯厂干活了。地毯厂要扩大规模搬到县里去，娘因为家里拖累，就不干了。

小五就是我五叔，他在外地结了婚，安了家，他不再顾家里。大伯、二伯和六叔都各过各的日子。

我跟着二伯在菜棚里看菜，还每天要去上学。自打我爹从金城回来后，日子过得得意得很。一溜烟家里有了电视，还有了大黄牛，有了架子车，还有了自行车。房子全换了新的，还有了铁炉子，院子也铺了水泥，在上面晒粮食时，用裸脚踏上去，那个舒服劲，甭提了。

一个阳光充足的中午，我背着我爹给我的帆布书包去学校，看见爷爷靠在柳树下晒太阳，还脱下衣服捉身上的虱子。他身上皮肤干裂得如同落了霜的柿子，皮都快要掉下来了。

我对着他喊："爷爷，我念书去了。"

他说："去书房里好好念书啊。"

爷爷那辈子人管学校叫"书房"。我就一蹦一跳地去学校了。课正上着，我娘就来到教室门口叫我。那教室里面被烟熏得很黑，房也很矮，我们坐在土墩上看书，老师拿着白灰疙瘩在墙上教我们识字。娘站在教室门口，外面的光线很强，我一眼看到她，她跟老师说了几句，老师走进教室对我说："收拾好东西，回家去吧。"

回到家里，爷爷被用白纸盖了脸，躺在地上，身前还挂着白布，我爹跪在爷爷头前。

爷爷去世了。

爷爷被埋到祖坟里去了，旁边还空着奶奶的位置。那片祖坟前面是我爷爷的爷爷，下面是我太爷和他的两房太太，再下来就是爷爷。坟里的草因为雨水茂盛长得异常高，青得如同井水边长出来的青苔。

我爹从金城回来后，又干起了木匠，每到节日还作戏子，也受邀到其他地方去画脸谱。平日里他就是一个农民。

太阳落山时，他挑着两个大粪筐就从田埂边走回来，走进家门口，放下粪筐。汗衫上浸出汗湿的印迹，裸露着的胸膛和臂膀被晒得黑红。

他脱下汗衫，那晒过的皮肤和被衣服挡住的皮肤黑白接头明显得让人害怕。

我爹又重新变成“黑子”了。

邮局的人偶尔往家里跑，他们是来送钱的。

我问爹：“是谁寄来的钱？”

他叼着旱烟说：“上学那时发表的文章，现在又被重新发表了，寄钱来了。”他转身回到屋里，翻出他的一沓手稿放到我面前。我翻开来，那字迹一格一格的，很厚的一沓。他回过头背着我说：“你看看，看完了就和那些戏本放到一起吧。”

十四

不知什么时候，我娘有心脏病了。弟弟这时也上学了。娘的病越来越重，我爹也愁得每夜睡不着，抽烟抽得直咳嗽。

爹卖了我家的电视和大黄牛，把架子车和自行车都卖了。他还卖了自己的皮裤带和皮鞋。他一个人在我家的一块地里盖了两间黑瓦房，让我们住了进去，然后卖掉了我家用红砖砌的房子以及用水泥铺的院子，带着娘去看病了。

奶奶带着弟弟和我在没有院墙的两间黑瓦房里住着。平常吃饭就吃白面片，一点菜也没有，也没有油水。水烧开了，煮上面就直接吃。时间长了，吃不下去，嚼到嘴里就想吐，但还得往下吃。家里除了两间黑瓦房，两口铁锅和一个土灶外，什么也没有了。

爹带着娘进了金城，又下了四川，到了西安，后来去了新疆。

一年时间后，爹一个人回来了。弟弟看见爹回来了，抱着他哭着要娘。

爹瞅着弟弟说："你娘看完病，去你在新疆的姨家休息去了，过些日子回来。"他拿出几块糖来给弟弟，转身走到房里和奶奶唠叨了半天，然后走进另一间不住人的黑瓦房，揭开锅盖，看了一眼就出来了。

爹找了大伯家当矿工的姑爷和二伯家当厨子的姑爷，还找了大娃以及和他一起学木匠的二娃和银宝。找他们借了钱后就拿上镰刀，背上大弓出门。

奶奶说："你爹上了山集梁、下了高山塬，走过红土坡，穿过黑风坳，再翻过白牙岭，就到了陕北了。"

爹拿着镰刀是给人家割麦子用的，大弓是用来弹羊毛的。羊毛弹松了再铺平整，撒上胶水，再用擀棍擀到羊毛粘在一起，做成羊毛席。爹去陕北给人家当"麦客"和席匠了。

奶奶说："给你娘看病，家里现在什么都没有了，你爹去挣钱了，挣了钱把这个院子再修成和咱们原来住的那个一样。"

奶奶还说："你爹的镰刀很快，他割麦子就像他作木匠，活儿细着呢！那麦子一茬一茬地就被他割好了，你们见过他用推刨刨木头，那木头皮就变成卷出来了。他的羊毛弓往那房梁上一挂，嘣嘣地弹起来，那羊毛就不由自个儿地变松膨了。你爹割完了麦子，弹完了羊毛，就越过葫芦河，再绕过了柳树湾，跳过铁路桥，穿过沙漠就到内蒙古了。他在那里作木匠，还砌砖墙，你爹砌的那墙不用打线都直。干完了这些，他就在那儿放羊，骑上大黑马，手里拿着鞭子喊着领头羊。"奶奶说着背过脸去了，我看见她用手绢捂住了眼睛。

弟弟问奶奶："爹下次回来还买糖吗？"

奶奶笑说："你爹下回回来给你买大白兔奶糖，那糖可甜了，能甜到心窝子里去。"

县里到镇里通了班车，不用再坐拖拉机了，村里到镇里开始坐拖拉机了。我要去县里上高中，离开了那两间黑瓦房。二伯送我到了镇里，我一个人坐上了汽车去县里。

县城里的路没有我第一次去那么宽了，人也没有那么多，雾气也不大，路上也没有那么冷。

第二年，娘从新疆回来了，她的病好了。

奶奶说："你娘回来了，黑子也快回来了。"

十五

二蛋早不读书了，去南方打工，挣了点钱买了个摩托车，每天从村这头骑到村那头。我爹娘住在那两间黑瓦房里，面朝黄土背朝天。村人们都有了钱，大兴土木，我爹又干起了木匠。

改革开放大洗牌，层层楼房拔地而起，黑瓦房不再建了，村人们时兴建小洋楼了，我爹就跟着装饰公司去搞装潢了。这年弟弟去当兵了，我爹看着弟弟穿上绿军装，背上背包，说："我那时想做没有做的事，我儿子现在做了。"

我们送弟弟上了车，车上装满了新兵蛋子，个个精神焕发，娘在那儿哭个不停，爹说："你哭个什么劲儿，孩子当兵有出息。"他黑得发亮的脸上露出了饱满的笑容。

爹每年要带一些徒弟，学木匠的、学唱戏的、学做泥瓦匠的、学做羊毛席的，还有一些学装潢的。他还想找一个学画脸谱的。爹时常翻出一大堆戏本和他以前写的手稿一遍一遍地看。

家里后来拆了两间黑瓦房，建了两排小平房，砌上了瓷砖，建上花园。爹还学人家在花园里放上假山，弄上喷水。在大门外面树了个篮筐，还挖了个储水的大水窖。给家里又添置了很多东西。买来了大黄牛，还买了铡草机、拖拉机，搬来了大彩电。

爹每天早上沿着田埂，抽着旱烟站在最高处朝着空旷的田野喊上几声戏词，面对着雾气蒙眬的黄土地，看着一排排的黑瓦房、一群群缓缓移动的羊群、一湾湾起伏不定的矮山头，美滋滋地沉醉在往事里。

一切都不像想的那样

A面

1

李大鸟盯着东二环的这条河沟，河沟像女人的腿，在眼前分叉开来。李大鸟突然想起自己有30多年没见过女人的屁股了。

李大鸟这天傍晚像一个外乡人一样，挎着一个尼龙袋子从路边的摊子上胡乱买了些青菜来做晚饭。要是北京本地老头老太太就早早睡不着，在早市上买好了一天的吃食。他在石柱子护栏上面靠了半个小时，然后叹了口气转身把袋子提起来搭到肩上，另一只手拍了拍屁股上的土，沿着路沿唉声叹气地走了起来。

拐了弯，就到了北京最贵的小区，李大鸟每晚回家都要路过这里。想想这片小区在1980年以前还是一个大型仪表厂，他那时是这个仪表厂里的一名校表员。在那些年，还有人记得他的名字李大鸟。

李大鸟没走几步突然停住，盯着夹在停靠在路边奔驰车雨刷器上的一张名片看了起来，名片上面写着“包小姐，电话

139010XXXXX”。李大鸟看看车里，再回过头看了看四周，很迅速地拿下了那张名片，李大鸟使劲儿把名片攥在手中，他这时不怕名片的纸有多硬，也没担心手被划伤，只是想尽快把这张名片完完全全掩盖到自己的拳头中。其实他没必要这么做，因为他手中汗足以把这张名片变软。

儿子在四环买了一套三居室，带着孙子一起住，差不多半年才来看他一次。那个四年前买的老年手机每个月会在固定的时间响起来一次，铃声是儿子设定的“甜蜜蜜，你笑得甜蜜蜜”，这首歌响起的时候，李大鸟就不紧不慢地接起来，并打开免提。电话中会先传来儿子的问候，再传来孙子的问候，但是从来不会有儿媳妇的问候。李大鸟住在仪表厂的家属楼中已经有 20 年了，他老伴在他住进楼房前的前 10 年就死了。

这天李大鸟胃病又犯了，每个月儿子打电话这几天李大鸟就犯胃病，前些年李大鸟想早点死了算。后来李大鸟发现了一个规律，每个月月中胃疼完只要没死，就还能活到下个月月中。就这么着李大鸟活到了 58 岁，他想着，要是能活到 60 岁死了，也就死了。

每次接儿子电话，李大鸟就一边应承电话中的儿子一边看着放在桌子上的老伴，老伴死了30年，李大鸟早就穿不惯毛料做的衣服了，看着相片中的老伴那时候还觉得有一件纯棉线的毛衣就是最有面子的事。

晚饭后，李大鸟的确闲得没办法，和他一起退休的工人死了的也有一半了，没死瘫在家里的有三个，还能在外面下棋遛狗的有五个，这五个是常见的，那三个前两年也常去看看，这两年就不去了，去了人家子孙还嫌烦。自己无聊就用手机听听收音机，很多时候就睡着了，醒来要么是半夜要么是什么时间也都不打紧，反正就接着回床上睡去了。

2

就是这晚，李大鸟却再也睡不着，也没法听那个收音机，看着桌子上的那个名片，他也看看桌子上的老伴，老伴这时还是在笑，好像在笑李大鸟没那个胆子。

李大鸟还是拿起那个几乎没有往外打过电话的老年手机，按了那 11 位数字，摁完后，他没有按绿色的那个键，他知道这个键就像他在工厂上班时的那个铅封，封上的不只是一块校准的表，那可是很多人的生活。

以前他铅封一块表是对自己的信任。李大鸟技术精良，工作认真，他铅封了的表没一块出现过故障，在下一次检修前，永远在合格的误差范围内。他前思后想是不是把这个绿色的键摁下去，他又出汗了，这次不是手心，是头上直冒汗。

李大鸟想起自己第一次有这样的心情是在 18 岁那一年。那一年他刚进仪表厂，厂里面四个车间姑娘都给自己送过吃的，都给李大鸟秀过拿手菜，他最喜欢吃的是一个叫秀娟的做的裤带面，那面咬到嘴里嚼头十足，吃到肚子里特抗饿，吃一碗干一天活都不觉得饿，后来李大鸟得了胃病就联想到秀娟的面了。面对秀娟在厂区后面的草堆上的纠缠，李大鸟第一次头上冒了汗。没想到看上去瘦弱的秀娟胆子那么大，女人真是最勇敢的动物。

李大鸟的姐姐是个让男人见了都想脱下裤子的女人，这女人你是没见过，你见过的话你也会这么想。李大鸟的姐姐叫李小莺。李小莺姿色中等，但韵味十足，让厂子里面的男人欲罢不能。李小莺最大的能耐就是让自己穿得好看，还把自己的老弟李大鸟收拾得干净整洁，她收拾李大鸟完全是为自己考虑，不想让厂区里面的人看到自己弟弟邋遢而联想到自己。

李大鸟就这样沾了光，与其说沾了姐姐的光不如说沾了面子这种说不清道不明的东西的光。李大鸟的白衬衣在李小莺自杀前一直在仪表厂的男人中排第一。别小看这个第一，这个第一给李大鸟带来了女人缘，也给李大鸟带来了仇恨，还给李大鸟带来了一生的厄运。

李小莺在仪表厂有个相好的，在静安庄的食品厂还有个相好的。李小莺对李大鸟说过，自己可不想甘心一辈子在仪表厂，她想出国，想嫁给达官富贵，想穿貂皮。李小莺这女人不得了，什么事情都敢做，谁也说不了她，简直无法无天的一个妖孽。她是很多厂中小伙子的梦中情人，下班了有十多个小伙子为看她就早早等在厂门口，能看上一眼回家吃饭就安心，看不上一眼回家就吃不下饭，看见了心里踏实是因为觉得自己明天还有希望，看不上一眼就有一半的可能性是李小莺已经躺在了谁的床上。

李小莺曾经放过话，谁能站在中线上把篮球投到篮筐中就能来和她好。就是因为这句话，厂区卖体育用品的店就多卖出去 10 多个篮球，据说很多人半夜还听见篮球场上有人在打篮球。

这些苦练篮球技术的人中就有附近好几个厂子的有为青年，也有附近好几个住宅区混社会的混子。李小莺的目的很简单，想通过这样的方式来选拔一批优秀的同龄青年。于是一场明争暗斗拉开了序幕，李小莺像空中的一张被风吹着走的垃圾袋，不管有没有用，但是它招摇，人们都想把它拽下来。但是李小莺不知道，这时的自己已经卷进了一个大漩涡，这个漩涡从自己的小阴谋开始癌变成了一群人参与的大阴谋，在这片厂区开始流水般快速奔腾四溅。

3

李大鸟此刻像在一口深井中，看不见光，整个人都暗了，所有的情绪都包裹着他，把他包裹成一个蚕蛹。李大鸟觉得自己像个贼，这个贼不是在偷别人，而是在偷自己，把自己的一生一下一下地偷走，但是他还是控制不了自己心中的这个贼，这个贼破茧而出，拨通了11位数字，他觉得自己的手指被赋予了邪恶的力量，手指最终出卖了自己。

电话拨出去的那一刻，李大鸟觉得这30年一下子都到了尽头，一下子过去了，像电流一般，嗖地不见了，自己像被抽空了。这件事情是个开始，其实也是结束，这件事情的关键在于电话拨出去还是没拨出去，拨出去以后的事情对于这件事情本身的性质没有任何意义了，自己是做成了还是没有做成，都无意义。在电话那边还在未应答的时候，李大鸟并没有意识到这个事情还有收回来的余地，他紧张到一概忘记了所有的阻止手段，比如按下红色键，比如抠掉电池，比如关机，比如打通了不出声，或者说自己打错了。李大鸟像被推到了悬崖上，被一脚踹了下去，突然不知道如何找到悬崖上的树枝，只能任着自己往下掉，要准备的只是掉到最底下承受疼痛，承受不了那么说明自己死了。

李大鸟在听到对方传来声音的时候，觉得自己褴褛不堪，自己被扒光了，羞愧难当，如同此生第一次和女孩子在草堆上的纠缠。对方传来的声音又让李大鸟错乱不堪，传进耳朵里面的声音是个男人，李大鸟第一反应是自己听错了吗？这么多年的独居生活让自己分不清男女，世界变了吗？女人也能发出男人的声音？李大鸟这一刻感觉自己别扭得干瘪，干瘪到没有任何体液，像个干尸，无力分辨世界。

确实，那边传来的是个男人的声音，李大鸟说自己打错了，那边的声音冒着一种不礼貌的横气，像是在说，你既然都打电话来了，不管你是什么人，以往多么神气，打通了这个电话，就是和我们一伙的，在我们这里你要放下身姿。这样的声音让人恼火，又让人不得不唯唯诺诺任由其摆布，像被一块磁铁吸附住了，粘上了就没完没了的感觉。李大鸟觉得自己上了贼船，船驶进了大海，现在下船就只能是死，死得还会异常难看。

李大鸟看看放在桌子上的老伴，老伴似乎在告诉自己让自己勇敢点，突然李大鸟像和老伴达成了某种默契。李大鸟回话说："我找包小姐。"那边说："可以，一晚上500可以吧，要是价格行的话，你把地址告诉我，我派人过去，我这边的人包你满意，是按摩还是其他特殊服务任由你。"

李大鸟听见对方的语气，感觉一下子就下了船，满屋子亮了。李大鸟觉得自己的卡上还有几十万，这几十万可以给好多个500，觉得自己还是这个世界上的一种，自己还是有力量可以左右一些人的。

李大鸟说："好。"然后把自己的地址告诉了电话中那个发出令人生厌的语气的人。

李大鸟天天听收音机，对于电话诈骗以及这种上门诈骗或者抢劫在心里早就有了应对方法，他故意在电话中掩饰性地表演了一番，加了几句话说："哎，最近火气大，30多岁的人没个女人还真不行，我们一起合租的几个人都有女人，就我没有。"这些话说出去，李大鸟算是心里安定了很多，就不怕对方打什么主意了。没想到对方识破了自己的阴谋，说："你放心吧，我们这绝对正规服务，不做那些违法的事情。"

不论怎么样，对方也留了心眼，至少不会来明抢了，李大鸟挂了电话接着开始想这件事情是否对。

此刻他突然意识到不能再想这件事情是错是对，而是等包小姐上了门，自己要做些什么。他开始收拾家里，把家里的地板又擦了一次，李大鸟如同被下了蛊，一直不受自己控制，觉得自己被妖人施了法术，现在不着调得没招了，怎么能做出这样的事情呢？被自己孙子知道了，被自己儿子知道了怎么办？自己的儿子怎么能知道呢，他已经半年没有到自己这边来了，买个什么东西都是快递送来的，每次签收快递时李大鸟还想呢，快递到是省事了，不然儿子还得往这儿跑！

4

李大鸟和儿子的感情谈不上好坏，平平淡淡的，没发生过让两者之间记仇的事情。父子间的感情也不是很浓，因为儿子小时候听了很多邻里的谣言，一直比较怕李大鸟，打小觉得李大鸟是个怪物，不敢亲近，长大了明白事理了，那些谣言不攻自破的时候，儿子也到了离开家独立生活的年龄。

姐姐李小莺放出话去的第二年，供销车队的王虎子终于因为苦练篮球，在那一年秋季朝阳区职工运动会上站在中线上投了一个球，裁判们为这个奇迹的一球破例给了五分。王虎子也因此在所有厂区的姑娘心中有了形象，王虎子因为那一个五分后，像变了一个人，从一个邋遢的司机马上变成了白衬衣的短发小生，意气风发地踩着自行车常常路过李小莺的仪表厂，他是想让李小莺主动缴械。但是全厂区的人都看到了王虎子的变化，唯独李小莺没有看到，她是假装没有看到呢。李小莺侧面打听了，王虎子是个孤儿，家里没钱没势的，给不了自己飞黄腾达，她很懊恼，为什么不是出身好的小伙子把篮球投进去，而是让这么一个穷小子投了进去。或者没人投进去也行啊，正好自己也让所有人知道自己是有高标准的。

这年的秋天在这片厂区中，显得异常诡异，所有的小伙子都无精打采，所有的姑娘都异常低调，因为这片厂区最好的小伙子和最漂亮的姑娘都还绷着，没个结果，所有人都在等待一个结果的出现。像天空蒙下来一个大锅盖，把里面的人罩了进去，把他们变成了黑色，唯独留下两个有颜色的人，那就是王虎子和李小莺。不，还有一个有颜色的人，那就是李大鸟。李大鸟不管不顾地继续享受着平静的生活，每天像一只鸟一样飞翔到单位然后下班，再飞翔到家里。

李大鸟收拾完家里，坐在老旧发亮的凳子上，觉得凳子上常年用屁股蹭出的油印开始发凉，这种凉还能流淌，流淌起来有种要人命的凄凉感，这种油印能让人瞬间想起过去。李大鸟把自己的屁股塞进这个油印，然后点上一支烟，烟味能覆盖掉整间屋子的凄凉感和霉味。关于霉味，也不知道是什么时间跑进屋子里的，就是某一天的某一瞬间，霉味就在这间屋子中生长开了，落地发芽，涨势很慢，一年兴许只能长上一寸，这是李大鸟无端猜测出来的。

窗外淅淅沥沥滴开了雨点，李大鸟这才明白为什么今天的霉味比往常的要重很多，他瞬间有点放松，觉得包小姐不会来了，自己要干的这件事情要宣告失败，心里产生了一丝喜悦，老天爷有时候真是帮人向善的，你想做点坏事，它还不给你面子。

想起那也是一个雨夜，王虎子终于骑着自行车跑到李小莺的家门前来了。李小莺全家都蹲在门口的水泥台子上吃晚饭，雨也不大，透着一股子凉气，全家人晚上吃的是两个炒菜，一个汤。其实李小莺的父母也早就听说了王虎子的事情，心里早就盘算着想对李小莺说别辜负了人家小伙子，省的落下了埋怨，让邻里说全家人都不守信誉，再说了王虎子这孩子还不错，能吃苦，长得也干练。

没等得及父母和李小莺来说道，王虎子就找上了门来，父母客气地让王虎子进了家门，并上了水。王虎子环顾四周，坐下，看样子有点怵，估计是第一次上女孩子家，有点无所适从的样子。

“叔叔，阿姨，我是来看看李小莺的。我本来不敢来的，琢磨了很久才来，想把这个事情做个了结，不然我一直睡不着，我知道我条件差，但是只要你们一句话，我就要个心里安宁。不然我老是不死心啊。”

父母刚要搭话，李小莺说：“虎子，我那是开玩笑的，你还当真了，回去吧，就当没这回事，你也太死心眼了。”

王虎子听了这话，颤颤巍巍地站了起来，要走。父母觉得有点过意不去，说吃了饭走吧，王虎子没有心思逗留，径直往门口走。母亲瞪了李小莺一眼，意思是让李小莺挽留王虎子一下，可是李小莺没搭理这碴，说了句：“虎子，你走好啊。”

母亲跑进厨房去，拿了一罐酸菜，追了出去，虎子已经一只脚登上了自行车，母亲喊了句：“孩子，自己淹的菜，带上吃。”

母亲进房间后骂骂咧咧说：“你这死孩子，这多好的孩子啊，你眼光高，到时候别嫁不出去。”李小莺无话，走进自己屋中。李大鸟跑出去看王虎子远去的影子，他似乎看到了一只鬼，喋喋不休地走了。李大鸟跑回去问李小莺：“姐，你这么看不上王虎子？”李小莺说：“也不是，就看他的努力程度了，要是这么就完事了，那说明他还真不行。”

5

李大鸟细细碎碎地盯着自己的那个老年手机，想，看来这个电话是白打了。走到窗前再次为自己的猜测加上筹码，可惜，雨淅淅沥沥开始变小了，对面街道上的药店的门牌开始显得比刚才清晰了不少，能看清楚上面的字。在这里住了好些年，对面这间药店也更换了好多次名字，这次更名后沿用了三年了，除了每年去买点鸡眼膏，李大鸟很少到对面的药店去，他经常在窗子前看着药店中的客人进出，大多数是年轻男女，这和对面这栋楼的二三层是一个旅店有点关系。

李大鸟琢磨着人这一辈子要活下来还真是有点难。想想这么多年就像一场雨一样，一下子就走了。

李大鸟转身去卫生间撒了一泡尿，现在的他几乎每天要去十次，开卫生间的灯十次，马桶冲水十次。马桶的小便冲水坏了很多年，每次都是用大便冲水，有点浪费，李大鸟每次小便完，用刷牙杯从洗脸池中接水冲马桶，一杯下去，觉得还是有味道，于是他多数情况下冲两杯。

撒完后，李大鸟觉得放松了不少。

但是新的危机来了，他紧张得竟然忘记了今天撒了几泡尿。每晚到不了十次这个数字，李大鸟是无法进入睡眠的。

失眠犹如长长了的指甲，令人厌恶。

王虎子大概是在一星期后，在李小莺的厂子门口摆摊的。

摆摊卖的是一个可以去追求李小莺的名额。名额的购买方式是一个人拿走这个名额一万元，十个人拿走这个名额每人一千元。

王虎子的这个举动让所有人都觉得意外。

这其中最意外的可能就是李小莺，李小莺揣测过王虎子的动机，觉得王虎子这样做是想要获得人的注意。

其实王虎子没必要这么做，李小莺在短时间是他一个人的，但是他这么一搞，每个人都发现原来自己也可以获得这样一个名额，只是要付出点钱罢了。

王虎子的摊子每天像一根倒长进李小莺眼睛的眼睫毛，刺人，刺得人恨透了。

在这个名额分解到十个青年手中前，李小莺找过王虎子。

那晚，王虎子得到了李小莺，是用强行的方式。

6

李大鸟打开收音机，本来是想用这样的方式打发时间，却又一次勾起一些不愿意想起的事情。

收音机中播放着一个女人杀掉一个男人的事情。一想起这件事情，李大鸟的心就像被人蹬了一脚，哐当一下子，戳心窝子般悬空。

这件事情触及李小莺的一段往事。王虎子得到李小莺后，再也没有联系过李小莺，王虎子照旧把追求李小莺的名额卖掉了。

李小莺那天晚上摸进王虎子家里时，心里还是觉得王虎子很安全的，她并无任何意识觉得王虎子会强行占有自己。

这件事情的发生细枝末节，只有李小莺和王虎子知道。

但是这件事情再这么说出去，似乎大家也不会在意什么，李小莺已经是王虎子的人了，在大家看来。

反过来想，王虎子为什么还要继续卖掉这个名额，王虎子为什么不娶李小莺。

王虎子的尸体后来被李小莺肢解掉，并分别抛尸到全国10个城市。

这10个城市的名字中其中最少有一个字和王虎子售予名额人员名字中的发音一致。

李小莺是如何做到这一点的，到她自杀，警察也没理出头绪。李小莺捧着仇恨在三个月后自杀了。

李大鸟关掉收音机，这时候听见有人敲门。

敲门的声音是试探性的，声音硬邦邦的，带着潮湿的味道。

李大鸟问道：“谁呀？”

外面传来一个女声：“包小姐。”

B面

7

苏小舞十年前在银川一个理发店做学徒工，一个月给二百元，管吃管住，集体大宿舍。宿舍里晚上各种声音轮番演奏，打呼噜、放屁、甚至还有带男人回来留宿的呻吟和振动。这个理发店主要业务是针对脱发，于是店里来的客人就分得很明确，一拨是开好车来的大老板，另一拨是那些活了半辈子郁郁不得志的糟老头。

苏小舞这个名字是艺名，是领班起的，领班给下面的洗头妹都起了艺名。艺名挺好，特容易记住，不然几十号人都分不清谁和谁。苏小舞对领班有一种对妈妈的感情，她的第一个名字是妈妈给的，第二个名字是领班给的，领班对姐妹们都很好，这种好建立在姐妹们不犯错，不出差错，不请假，不误工上，一旦给店里的生意造成困扰，领班就从妈妈的角色立马变成后妈。

苏小舞觉得自己也挺势力，她有时候觉得自己压根就不是什么好人，原因是自己就是喜欢给大老板洗头。大老板的头发其实不比那些糟老头多，但是这头发干净啊，虽然每次给大老板洗都小心翼翼，怕指甲刮疼了那些秃顶。但相比较而言，还是洗一个大老板的头性价比高。

于是苏小舞就想明白了老娘每天在家里念叨的，嫁什么男人都一样，不如就嫁一个较为有钱的，这的的确确是真理。

十年前的苏小舞只有十七岁，这时候已经有一对大胸了，其实理发店的黑色制服本身就比身材小了一号，这是他们老板的坏主意，小一号的好处大家都明白，这衣服是有弹性的，再加上是黑色，往那门口一站，本不想来这店里的客人也不由得往店里凑一次，有了第一次就有第二次。

苏小舞是个聪明的女人，她聪明在经常会回头去想自己的人生。她在被包养自己的老板赶出别墅区时，她就想过一次，打那次以后，她就突然之间变得聪明了。她信奉一条自己给自己的规矩，那就是千万别让自己活得尴尬，什么事情都得有个退路。

那次她想明白了，这女人发育得好和不好都不是好事情。

苏小舞在理发店干了一年多，过年回过一次老家，一年下来存不了两千元，穷也穷得踏实。按照她以前想的，学会了剪头发，就在老家街道里开一个理发店，嫁个男人，一辈子也不需像父母一般种地，也不需再在外面看人脸色，这算一辈子有了个平顺的日子。

谁知道一天，一个头顶还算比较浓密的老板一只手就那么轻而易举地摸到了苏小舞超前发育的乳房上。苏小舞那一刻吓死了，十七岁的心理还没有修行到像现在这样对男人应对自如的地步。叫也不是不叫也不是，就那么样，苏小舞还是坚持把那个头洗完了。苏小舞想，赶紧洗完，洗完走了，一了百了，当什么都没发生。

8

和苏小舞想的一样，老板洗完就走了，什么也没说。姐妹们都说这便宜白白被人占了，也没得到点什么小费，那么好的一对胸就这样遭了咸猪手。姐妹们的意见分成两拨，一拨是幸灾乐祸的，说，反正迟早要被糟蹋，早晚的事情，落什么人手中都一个德行；另一拨是替她惋惜的，说，怎么也得找个可心的人，不能就这么样无缘无故被占便宜。

于苏小舞而言，这种东西其实没必要分那么细，十七岁前受的苦和现在这些事情相比较起来，她宁可无数人摸了她，她还是会坚毅地站在洗头池的前面，不动声色地把客人的头洗完。苏小舞小时候和父母一同下地，走着走着，母亲回头一看，苏小舞不见了，急得前后大呼小叫，怎么想也想不清楚，好好一孩子，不知道跑什么地方了。一转眼，看到路边有一口井，因为荒草太深，又刚下了雨，没注意，这口井竟然储了水。父母这下子绝望了，这孩子看来没救了，母亲坐在井边无望地哭着，没过几分钟，苏小舞竟然浮出水面。母亲赶紧把扔在地上的扁担捡起来，一头牵在自己手中，一头扔给苏小舞，苏小舞就这么着捡回了一条命。

苏小舞爬出井口，嘴里还嚼着东西，等她嚼完咽下去之后，才张口说了话。苏小舞出门前偷了一个熟鸡蛋，家里的鸡蛋多数都是要拿去卖了交学费的，很少自己煮着吃，除非是打破了没法子卖的才迫不得已自己煮了吃。每次卖鸡蛋要走十五里山路到镇里的集市上去卖，这件任务是苏小舞完成的，为了防止鸡蛋破损，自行车也不敢骑，就走着去了。

苏小舞跟杭小毛说过，这次她能捡回来一条命，是老天爷看她太可怜，多送了她几十年。说她以前受的苦实在是太多了，剩下的几十年怎么随性怎么过。苏小舞要是常常吃鸡蛋，就不会躲在爹妈后面偷偷吃那个鸡蛋，要不是自己舍不得把那个鸡蛋吐了，硬是在水里憋着气，自己就浮不出水面来，就得活活淹死在了水井中，要这么论，鸡蛋就是苏小舞的救星。

母亲等苏小舞张嘴说话了，直接抡圆了给苏小舞一个大耳光子，跪在地上哭了。打那以后，母亲动不动就给苏小舞煮几个鸡蛋吃，苏小舞到现在每天早上都会给自己煮两个鸡蛋吃。

还是十年前，那个摸了苏小舞的老板，隔三岔五就来一趟，指定了让苏小舞洗头，每次给前台多扔一百元，说是给苏小舞的。不过后来这个老板就不再摸苏小舞了，而是盯着苏小舞看，再后来叫苏小舞出去吃饭，然后给了苏小舞两万元，苏小舞哪里见过两万元，直接就晕了，被钱砸晕了。两万元对于苏小舞来说是什么，是老家的一个崭新的院子，是老家街道里面一个理发店，是下半辈子的光景。

苏小舞后来想，现在两万元算个屁，屁都不是。

那一天，苏小舞就被那个老板带到了酒店，第二天老板说，让苏小舞别干了，他一个月给两千，什么事情不用做，住到自己在北京的别墅里就行。

苏小舞什么也没想，穿上衣服就跟这个老板上了北京。苏小舞跟杭小毛说，以后生个闺女，一定得富富地养，老人家说得对，自己就是因为没见过钱，还真就被钱砸晕了。不过话说回来，活得干净了真是累，活得脏了实在太容易，太容易的事情就轻而易举地走偏，苏小舞渴望活得干净就是因为她中间脏过。

苏小舞也说自己曾经风光过，什么都见过，什么都吃过，几百平米的房子就自己和一条狗住，人活得太奢侈了是要还回去的，这不，后来她就被老板抛弃了。也怪自己当时傻，跟了老板三年，没攒下多少钱，老板撵她走了，也给了一句交代，说跟过他的姑娘，苏小舞是最忠实的一个。苏小舞后来到北京开了一间理发店，然后认识了一个男友叫杭小毛。

9

杭小毛接了这单生意后，离自己存款100万、带着苏小舞回她老家过下半辈子的目标又近了一步。

杭小毛进入富安小区，沿着一个杭小毛踩点时留下的记号，严谨地向前迈进。穿过假山、木桥，还有几个盆景，就到了今天的这个目的地别墅的一楼外沿。一楼都装了防盗窗，但是杭小毛早就踩过了，厨房小窗的防盗条只有两根，一根不知道怎么的不见了，也正是由此，杭小毛才下决心定这家。

通过厨房进入别墅，听不见一点响，家里没人最好，有人也不怕，杭小毛也早有准备，若是被人发现，他便从二楼开窗户往外跳，下面是草地，草地往前跑五步就是这个别墅的正门。草地上放着“汇顺快递”的衣服帽子，还有发给这个别墅的一个快递，快递做得很真，地址很好查，摸清门牌就行，难的是知道别墅主人的名字。

这快递的衣服帽子还有快递单子都是杭小毛从网上订做的。庆幸的是，自己踩点时从垃圾桶里面捡到了一个快递包装盒，盒上的地址被牛奶印花了，看不清，万幸的是收件人还能看清楚，这就给杭小毛万一被抓住后能脱罪，留下了所有的条件。收件人写着“魔形女”，现在有钱人没钱人都不用真名买东西，这都是新常识，这个常识里面有各种缘由各有道理。

杭小毛和其他的贼不一样，他是白天作业，晚上和正常人一样休息，他是一个有追求的贼，这是他给自己的定位。

杭小毛有一个笔记本，这个笔记本是苏小舞买的，五块钱。苏小舞给杭小毛这个笔记本时，杭小毛还说：“这东西，还要买，你需要，我给你找地方弄一箱子回来。”

苏小舞说：“这本不一样，这本是给你记账的，不是给你记你那些糟心窝子的脏事，是给你记录我们以后新生活的美丽事，干净事。”

杭小毛说：“那现在记什么？你这人就是这么矫情，弄这些干啥，有了钱，什么事情都能处理干净，没有钱，干什么事情都是脏事，工作脏，住得脏，吃得脏，生个孩子也脏。”

杭小毛活了27年，头先想明白的就是这个道理，不过苏小舞跟他说：“你说的那个脏事和我说的那个脏事不是一个脏事，你说的那种脏能洗干净，我说的那种脏，洗不干净。”

“就你们这些人，一天到晚把这些事情琢磨那么细，活着能这么细吗？不能这么细，细了日子没法过，过日子要粗着来。”

这是杭小毛想明白的第二个道理，杭小毛想，人这一辈子能想明白几个道理？想明白的越多越糟心，越累，想不清楚才好，那些想清楚的人都过得熬，什么都不想的人，活得才好。他想自己想清楚这两个道理就够用了，足可以应付一辈子要遇到的事情了。

说来可笑，杭小毛小时候上学，老师问他："你有什么梦想。"杭小毛说自己的梦想就是当个诗人。老师问："为什么要当诗人？"杭小毛说："诗人干净，不需要上班换工作装，下班再换便装。"老师问他为什么喜欢干净，杭小毛说："我爹是修车的，从来没干净过，我就想干净地活一辈子。"

杭小毛接生意，生意从来不是别人指派的，他从来不加入任何团伙，他的生意都是自己给自己接。为什么这么干？这是他自己给自己定的规矩，这个规矩不是他自己琢磨明白的，是苏小舞给他想出来的。

每周一、三、五，他是踩点的杭小毛，二、四他是去偷的杭小毛。周六、日他是过周末的杭小毛，是诗人杭小毛。这个诗人在周六周日不会作诗，他也不知道诗是什么。反正杭小毛认识"诗"这个字。他去书店，从来不偷书，他觉得自己尊重诗歌，去书店他会拿起诗，翻几页再放下，然后他就叹口气，念念有词。书店老板见他来的次数多，有时候会问他几句，时间长了，老板还把杭小毛真当成诗人了。

老板问杭小毛："诗人都有笔名，你的笔名叫什么？"

杭小毛知道笔名，笔名就是假名。他第一次没有回答老板，走掉了，那次后，他就想方设法给自己找个笔名，动不动找点报纸看，可是报纸上没有一个自己听上去能剜出自己心里的名字。有人跟他说，杂志比报纸有文化，你找点杂志，在上面找找。他最后在一个杂志的文章标题中发现了一个词，叫"伤疤"。杭小毛觉得这个词好，好在什么地方说不上来，反正就是特趁自己心意，就定了这个词。

有了笔名的杭小毛还是和原来不太一样的，他觉得自己是艺术家，他要有艺术家的担当，至于这个担当是什么还得日后再想想，想明白自己要明白的第三个道理。

这次这单生意，是杭小毛在双井那边出租车里踩上的，他这天，打了出租车，从三环路上到双井桥向左掉头，红灯。一辆跑车和杭小毛乘的出租车并排第一列等绿灯。绿灯一亮，跑车轰的一声，把出租车丢下好几米。司机说："豪车就是好，这车办完所有手续得个一千万。"杭小毛看着那辆车，想，这就是一套别墅了，一套别墅开在马路上，不由觉得这个事情对自己有点打击，不实施点手段，心里有点憋，于是定下，就它了。"师傅，跟上那辆跑车，北京这地方就是好，出租车追跑车，也就只有这地方能实现。"

杭小毛什么时候成为飞贼的，这得从杭小毛第一次偷东西算起。八岁那年，到三伯家，看到一本三年级数学教辅书，他想要，但知道三伯和三娘的小气，要了他们也不会给，趁三伯和三娘不在，自己揣到怀里回了家。三伯三娘找上门来前，杭小毛为自己的聪明还挺满意，还想着明年自己三年级这东西就能用上了。三伯三娘不仅到他家里要了，还跑到学校告诉了老师，老师在班里耀武扬威，让杭小毛写检查。这件事情后，杭小毛再也没法去学校了，还得了一个外号"贼诗人"。

起先发现那本书丢了的是三娘，那本书是三娘用来夹鞋样的，里面有自己积攒的五种布鞋的鞋样。三伯说丢了就丢了，可是三娘就非得把这个事情搞大，说："小孩小时候偷针投线，长大了就敢偷钱抢钱，这孩子不是什么好种。"

杭小毛后来干过维修工、装卸工、配菜、打荷，修过自行车，补过皮鞋，干来干去没一样干净活，后来经过几次不劳而获，发现自己还是当个飞贼来得爽快，小学时候的那个事件，是自己天分的首次体现。

苏小舞开始偷偷印刷“包小姐”的名片，并重新开了一个新手机号，这件事情发生在杭小毛被一辆黑车撞死在路边后的第三个月，这件事情发生在她的理发店所在的市场被全面清除改造成写字楼后的第一个月。

苏庄的遗嘱（节选）

第一章：炸裂

苏子孝死后二十年，他怎么也想不到自己曾经下令苏庄人万世不可开窑的三号窑，被苏万川一个炸药包轰开了门。

如今的苏庄人早已闻不到苏庄秋天的庄道上混着柳树叶子腐烂的淀粉味道。在苏庄一二百年的历史上，全庄的人经历了从毛毡弹压到粉条制作再到木器精打的转变。在这百年中，苏庄成为了这两种技艺的阵地。

在苏子孝早年的精心修治下，他怎么也想不到自己的千金苏梓树会成为苏庄下一个百年岁月的地雷。苏梓树失踪的那个夜晚在此后一直成为苏继祖使用一切手段追踪的疑惑。

暂不论苏梓树失踪的那个夜晚是因为苏环载还是苏初幼的缘故，但是这三个长子之间的纷争却因为这件事情，已经延续了几十年，这几十年中，苏继祖、苏环载、苏初幼苏庄的三个长子闹了个天翻地覆。

苏梓树的生命中有三次失踪，第二次失踪延续了10年，10年后，苏梓树回到苏庄，带着一男一女。这一男一女成了苏梓树在苏庄重新生根的筹码。

苏子孝在苏庄的统治要追究到很远，这些历史已模糊不清。随着一声巨响，把烦乱惊扰疲惫不堪的苏庄惊醒了，并开始了一场无休无止的阵痛。

不好了，不好了，子孝爷爷封住的三号窑，被炸开了。瞬间这句话如同流水般奔涌开来，起初是在地上流淌，后面变成暴雨，直接从头上滚下来，灌进人们的耳朵中。在田边戏耍的小孩看到乌鸦群飞起，遮山蔽日般逃窜，远山上腾起的雾尘裹挟着青烟，一坨一坨直冲空中。

苏继祖听到这句话时，正在自己家的屋檐下抽着一管水烟，刚进入迷瞪状态，就被刺激得差点跌倒在屋檐下。这二十年间，苏庄的人口增长了不少，乌泱乌泱往三号窑那边奔走。都想去看看这三号窑洞到底是个什么东西，里面到底藏着什么。每当人们问起自己的先人这地方的时候，先人都像踩着了尾巴，龇牙咧嘴。曾经有些不知死活的后生半夜挖过洞门，但是最后被各种意外阻挡，久而久之，这个窑洞被镀上了一层诅咒的金身，越来越强大，震慑人心。

苏万川出走几年，这次带回来的是炸药，这种东西对于苏庄来说是一个新名词，他学会了炸山，并且知道了苏庄占据的这个贝山山体体下面有煤，煤可以替代山柴、麦秆。这种东西能换回来钱财，他站在庄人面前，威风凛凛，说不仅要炸了三号窑洞，还要炸了整座贝山。

苏环载从人群中跻身出来，上来就给苏万川一记耳光，说：“你这畜生，一去无音讯，回来就干出这么丢祖宗脸的事情。爹要是活着，打断你的狗腿，丢人败兴，还不回家看看出不了家门的老母。”苏万川对于苏环载没有丝毫招架之力，这个兄长就像父亲一般，在父亲死后，一直养活全家，要不是苏环载会接骨之术，早在自己9岁时就成了残废。

苏环载的接骨技艺来源于外来的郎中，传言苏环载的老母和外来郎中有染，是外来郎中的种，因为这个传言，老母一直抬不起头做人，在苏环载父亲的猜疑和自己的苦闷中走完了半生，如今苏环载已经成家，并靠接骨之术在苏庄有了营生，老母也便没了念头，冤屈一世也便罢了。

苏环载老母紫兴尔的确和郎中万元义私奔过，这件事情成为苏子孝压住苏环载老爹苏霍楚成为庄主的重大筹码。

时隔几日，又有一件大事震惊苏庄，那年跟马戏团走掉的苏初蜀回到了苏庄。苏初蜀这些年一直在外流亡，这一下子回来，平静了几年的村庄，又蒙上了一种奇诡的味道。苏初幼并无惊讶，心知肚明苏初蜀这次回来是要做什么，并没有像当初苏初蜀跟马戏团出走的暴跳，以及要和苏初蜀断绝关系的决绝。

苏初蜀回来几日后，便在街角处开了家店面，做起了箍桶匠，他带回来的并不是这门手艺，而是用这门手艺积累苏庄的工艺品，然后贩卖出去。苏初蜀的父亲苏栾峒做了一辈子的劁猪匠，却因为自己的一把劁猪刀给苏初蜀招来了灾祸。

苏初蜀砍杀苏庄庙执苏孅僲，完全是出于想夺得苏孅僲掌管的神物，为自己的父亲苏栾峒换取救命之药，可是苏孅僲不通情理，不肯送交苏庄神物——红驴。换药这个阴谋的识破者是苏嫲僻，苏嫲僻无意间看到了在几十年前来过苏庄要猴的猴戏团领头人甘世画。

甘世画曾经设计骗取红驴未果，这么多年过去了，竟然又一次出现在苏庄，且这次来的竟然还是个马戏团，看来猴戏团更改了名字，而现在的马戏团竟然里面没有了动物，全部换成了女人。女人回归本初，只穿很少的衣服，在大的顶天的帐篷外面抖动，以前的猴、现在的女人在苏嫲僻看来都是对红驴的莫大威胁。

多少年前，已经记不清楚了，那时候苏子孝还是个青年，得了怪病，每夜狂唳，无法医治，家人觉得儿子命该断于此，于是让其自生自灭。一天，猴戏团在黄昏时间来到了苏庄，在苏庄的晒谷场中敲起了响锣，红锤一敲响，即将进入沉睡的苏庄立刻像被煮熟了一样，家里的小孩子都飞翔起来，立刻聚集在晒谷场中。

那时候猴戏团仅有两位成员，一位是甘世画，另一位就是那只母猴。母猴在自己的木箱子上做出无数种让你发笑的动作后，甘世画会拿起起先叫醒这个苏庄的那个锣，平端着到你的面前要钱，你扔给他一毛或两毛，还会看到更多的绝活。

猴子能穿针引线、缝被子、洗脸，还能自己切菜。不巧的是，甘世画这次却发生了意外，自己用弓射死了猴子，猴子是被什么惊扰了，在表演站立射箭的节目中，猴子偏了头，甘世画开弓射箭，一箭直接命中猴子脑门，这支箭本应射入猴子脑门边竖立的木门上。全庄来凑热闹的人这下有一个算一个，不能走。甘世画像丢了自己的胳膊一般。痛意写满全身，悲痛刺穿了这个用脚走遍大半个黄土高原的人，他静立于晒谷场中，没有一丝气息，眼睛来回打转，看得周边的人们觉得自己的心里都要长出草一般凄凉。突然，苏子孝开始狂噢，怪声让所有人如从刑场上找回一条命般喜悦，喜悦中都还掺着心有余悸的僵硬。甘世画见状，立刻扑上前去，抓住苏子孝，大喊："我终于找到了，终于找到了。"

第二章：隐匿

苏庄坐落在贝山上，有人说，贝山就像老天爷屙下的一泡屎，这泡屎后来被一个不长眼的驴给踩了一脚。

还有人说贝山像一张长得过于鬼祟的脸，老天爷看着不顺眼，赏了他一拳。

不论怎么说，现在的苏庄人都是依着这个山，住在这个坑中，一圈一圈往下绕，看上去就像一根被倒置了的盘香，坑底有三口老井和一个储水坝。

整个贝山有三个山谷，这三个山谷看上去就像三张兔唇的豁口，每个兔唇豁口大概有 100 多米长，窄处有 5 米，最宽处有 8 米多。这三个豁口中大有文章，里面存活着各种奇异的植物、动物。曾经进入过这几个豁口的人在里面还发现了各种金银首饰。站到贝山最高的山梁子上去看每个豁口，形状各不一样，有的像张开的嘴，两边小中间大；有的像母牛的生殖器，层叠不一，还有的像用刀子划开的猪肚子，外面整齐，里面却千沟万壑。

三个豁口被雨水长年累月地灌满又放干，形成了各种不规则的土包、独洞。土包最顶上有时候还会长出繁盛的野杏，但是从来没有人能吃得上，有传说，这些野杏能让人变成哑巴。常常有人看见那些独洞中跑出来很多白狐狸，且毛色单纯，简直就像雪一样漂流在这几个山谷中。还有些独洞常年往外面冒着气，冬天最容易看见，谁也没说清楚过这些气体是什么东西，但是人们都不想靠近去探究，大多数人都认为那是种毒气。

三个豁口被人们常常戏说为是一个雄壮的男人或者几个雄壮的男人站在空中撒了一泡尿冲开的。三个大豁口就这样一直敞开着，从三个豁口里面一直不断传出各种诡异的事情来。

苏万川曾经分别站在三个豁口的高处往里面看，沟太深，看不见底便被树木和浓草淹没掉了。唯一能看到的是多得让人头皮发麻的乌鸦，这些乌鸦造窝住在豁口峭壁的土窝中。乌鸦的排泄物挂满了整个峭壁，看上去就像给峭壁擦了一层厚厚的胭脂。苏万川曾对着峭壁大力吼叫，声音便顺着山谷的走向从高到低跑了起来，他似乎能看到自己的声音拂过山谷草丛时的动静。他先看到乌鸦成群结队地飞起来，刚开始是几十只，后来慢慢地铺满了整个视野，看都看不全。再后来挤满了整个山谷。它们飞起来遮住了整个贝山，在贝山上空群魔挥舞几圈后，再像风一样集中降落到山谷中，没多久便都消失不见了，全部钻进了峭壁中。这种景象让苏万川早年就对三条山谷产生了恐惧，他想象着这个山谷中住着一个会妖法的神婆，能操控这几万只黑乌鸦，收放自如。

苏万川后来做过无数次梦，梦里他进入山谷，不过每个梦的最后，都是梦到自己被乌鸦啄食致死，他无数次惊醒后，都想用一个万全之策，除掉这些乌鸦。

苏庄的每个早晨，都是一锅烧开了的水，山头上雾气缭绕，庄子的大道上根本就看不见路，只能摸着瞎走。整个贝山的坑里，像开了锅一般，雾气起伏不定。日头上来后，雾气就从高处下沉，直到太阳露出整个脸的时候，雾气就从坑底的水坝上隐秘了，像藏到了水底。整个苏庄开始清澈透亮，然后升腾起一种烤焦的土味，这种味道一直伴随到太阳从贝山的西边消失不见。

苏梓树从未这么深情地看过苏庄，10 年前，她离开苏庄的那个清晨，庄道在月光下还泛着白色，这种白色像瓷器的釉子，光滑细润。苏梓树从来不知道一脚一脚踩出来的土坯竟然也能这般夯实。

多年前，这个让全庄青年憧憬的少女突然失踪，引发了一场轩然大波，苏梓树也开启了自己生命中的第二次作茧自缚。

她这次带回了一男一女，号称是自己的儿女，苏梓树对这双儿女的父亲没有任何交代。

不多日，苏梓树就在庄里开起了苏庄历史上的第一间观音堂。现在去回想，这时候确实没人能阻止这个充满仇恨的女人这场狂妄的、明目张胆的行为，于是，苏庄上的另一场灾难在这个时候开始了。

苏梓树回到苏庄，已经没有任何人知道她就是苏梓树，苏梓树的样貌已经从多年前令苏庄青年魂牵梦萦变成了现在的令人胆寒，她脸上满是伤疤。她终日带着面纱，就在三个月之后，苏梓树在观音堂的门口竖起了一个牌子，上面写着“新到送子观音，大师开光，金童玉女直接请到家”。

苏庄迎娶来的妇女们几十年都不好生养，有子嗣的基本上也都是晚来得子，儿女问题一直是苏庄难解的困惑，苏庄还有一个诡异的现象，就是每家的子孙全部是两名男子，且两名男子全部前后差两岁，无一例外。因此，苏庄的妇女们对于苏梓树带回来的这一对“金童玉女”有了非分的期盼。苏梓树的观音堂开始慢慢成为焦点，这个焦点是藏在心里的，也是曝光在眼前的，整个苏庄有种蠢蠢欲动的味道。

苏梓树的这个业务挂出牌子后大概半个月才有了第一位客人，开始了她这场造孽的第一笔生意。这位妇女来到苏梓树的店里，说要请一尊观音回去。苏梓树问她：“需要什么愿望的观音。”这位妇女说：“自己想要一双儿女吗，要送子观音。”苏梓树说：“好，这就请一尊送子观音，让金童玉女送到你家里去，家人都不可触碰观音像，回家后，一定放置在朝阳的位置。”

苏梓树叮嘱完妇女，让自己的一双儿女抬着那尊观音像出了店门，苏梓树的儿女穿着一袭白衣，像极了观音的金童玉女。这种景象刺激着每个看到这尊被白纱覆盖的观音像的人，他们迫不及待地想给自己的家里也请去这么一尊观音，他们还需要等一个理由，就是第一个人去请了送子观音的妇女的说法。

第二天，请了送子观音的那位妇女，一整天没有出门，好事的妇女们就开始了她们的臆测。中午时分，他们可能还在想这位妇女可能有什么事情耽误了没出门，到了傍晚，她们下定的这个结论已经不攻自破，她们跑到这位妇女家的门前，听到这位妇女如同杀猪般呻吟。次日，这位妇女像变了一个人一般，招摇着走出家门，浑身散发着满足的味道，妇女们确信了观音的效果，真是立竿见影。

于是，苏梓树的送子观音开始供不应求，到了需要先预定的地步，所有的送子观音都放置在朝阳的位置。第一个发现送子观音有点变小的妇女对其他妇女提出过疑虑，但是没有人把这个渺小的发现当回事，都认为是她这几日太幸福，都花了眼。

可怕的事情就在这时候发生了，观音像确实越来越小，最终外面一层的白色观音褪掉了，里面暴露出来的是一尊十年前消失的苏梓树的雕像，有些人发现这个情况是在早上、有些人发现这个是在半夜，有些人发现是在中午，一时之间，苏庄的观音像全部变成了失踪前的苏梓树。

随便看一眼就能看到失踪很久的苏梓树的模样，大概只有苏环载和苏初幼两人体味的更深刻。

紧随而起的另一个记忆，来自于苏梓树。苏梓树在一个空旷而浓密的夜晚想起来原来的自己，一具知道自己的身世后填满哀怨与恐惧的身体，就在很多年前的一夜横行在苏庄通往县城的大道上，她开始了此生的第一次逃亡。

可能是几天后的一个上午，一个雾障又一次罩满贝山的上午，苏梓树接受了所有的一切，回到苏庄，而那天傍晚，恰巧苏庄来了甘世画的猴戏团。

第三章：隔离

甘世画的母猴变成一具尸体后，甘世画通过发现狂唳的苏子孝转移了他的痛苦。

甘世画在那一瞬间，脑子里面蹦出了灵光，就给苏庄的人们下了一个套，他在那一瞬间就找到了自己生存下去的欲念。其实很早，他就知道苏庄有一头红驴。甘世画也曾经想过，要是自己能搞到这一头红驴，那么自己的猴戏团就镀上了一层神物的祥意，挣钱就容易多了。

苏庄的这头红驴曾经被各镇各县都请去过，一般是在各种祭祀仪式或者一些乡俗节日上。红驴的掌管人苏嫲儛最早很反对红驴到其他地方去，他觉得这个神物不能随意到其他去，出现任何意外都有可能，但是其他镇县的人每次都给苏庄送来各种食物，收买苏庄的人心。苏嫲儛只得组建一支队伍，护送红驴。队伍成员得到的好处就是去其他镇县，上供给红驴的物品大家平分。

这之后发生过一件轶事，苏庄的人就再也不让红驴出庄了。

红驴那次被请到了杨川镇，参加杨川镇的土地庙祭祀仪式，仪式完毕以后，红驴本该上车，然后回归苏庄，但是这一次，红驴发了倔，怎么也不上那辆农车。起先没有过任何这样的情况，作为神物，苏嫲儛不能把它捆起来或者硬让红驴护送队把红驴赶上车。杨川的人看红驴这种态度，心生歹意，说，红驴可能来杨川看到杨川风景秀丽、民风淳朴，不想回去了，就让红驴留在杨川吧。

苏嫲儛自知这是杨川人的手段，说是红驴可能疲累，是因为护送队怠慢了。于是命护送队抬红驴上车。

护送队十多位人员让红驴上了木板，集体欲把红驴抬上车，可是发现红驴重如大山，丝毫没有抬离地面的可能。苏嫲儛看此境况，只得将红驴留与杨川。

回苏庄后，全庄人得知了此事，都觉得是自己的罪孽。

两年后的一天，红驴竟然自己回来了，出现在苏庄的面门口，那天第一个看到红驴回到苏庄的人就是苏子孝。

苏子孝也是从那天夜里开始狂[illegible]不止，苏子孝没对任何人说过他那日看到了什么。

红驴全身毛发红艳，并无其他特殊，只是这头红驴出生那日，整个苏庄的上空云彩漂浮不定，从东面飘过来的云彩在经过贝山的时候全部幻化成了神仙的身姿，无一例外。最先看到这个景象的是苏嫲儛，他看到此景象后回家穿上他爹留下的红袍，跑到苏庄最高的麦场中支起祭台，活杀了四只大公鸡。当人们都发现天有异常，全部从地里往回赶时，天色突然暗沉，暗到瞬间什么都看不见，比黑夜黑上了一万倍，可是又没多久，天色开始发亮，整个贝山又一次出现在人们眼中的时候，天上的云彩更白了，比天发暗前又多了数倍，还是继续幻化成古仙的身姿往西边的山头上飘去，云彩很低，低到人们似乎拿起锄头就能钩下来似的，整个苏庄陷入了前所未有的慌乱中。

苏嫲儛指着西山上的庙房说："各大仙域今日齐聚苏庄庙宇开会来了，这是千年一遇的事情。"大家都看到头顶上低矮的云彩确实都飘到西山有的庙房时消失不见了。苏嫲儛说："老天对苏庄要有征兆的，大家且看今日苏庄要出现神物了。"巧合的是，苏庄这日真有一头驴产仔，产下一头毛色红如鲜血的驴仔。

苏嫲儛也就是在这次征服了全苏庄的，坐上了庙执的位置。

红驴回到苏庄后，苏庄的人再也没让红驴去过其他镇县。

甘世画曾经游历到一个海边小镇的时候，遇到过苏子孝这种症状。他看到过那里的大夫用活着的蜈蚣治疗过这种狂唳病症，那个镇的人就像处死一只怪物一样，把那位病症者五花大绑起来，恨不得把他直接勒死算了，然后甘世画见到了这个他此生见到的最狠的大夫。

大夫拿出自己的药瓶，让两个青年用手掰开病症者的嘴，任凭病症着万般挣扎，大夫还是把半瓶活蜈蚣倒进了病症者的嘴中。随后，大家看到有一半蜈蚣从病症者的嘴里跑了出来，还有部分被吞进了肚子中和食物混杂到了一起，并且有几条跑进了病症者的耳朵和鼻子中。随后，病症者就像案板上的鱼，挣扎程度从高到低，最后像死了一般。

围观的人们享受着大夫制造的这种奇异的瑰丽的孤独，他们不得不忍受着时间的推移，是惊吓让他们已经忘记了移动。大夫看到病症者已经晕死了过去，然后拿起另一个药瓶，给病症者的耳朵和鼻孔中滴进去了蛇油，不久，起先钻进去的几条蜈蚣都纷纷逃窜出来，爬进了土里。

次日，病症者痊愈。

甘世画对苏庄的人说，他找到了。他拉着苏子孝说：“这位年轻人就是黑病的携带着，你们若是不马上把这位年轻人隔离治疗，那么你们这个庄子过不了多久，全部会变成和他一样的症状。”并在这个判定之上还加上了很多臆测，说可能现在井水都有了问题，可能牲口都已经早早觉察到了，人还没有任何觉察。

人们的惶恐开始蔓延。

能阻止这场惶恐的只能是甘世画一个人。苏庄人派出的代表是苏嫲儛，苏嫲儛和甘世画最终协商的结果是甘世画将黑病驱离苏庄以红驴作为交换。苏子孝被隔离在了三条山谷中间那条的入口处，入口处有很多洞穴，其中最浅的一个洞穴聚居着很多猫头鹰，苏子孝被搁置在这个洞穴的入口，洞穴外面留四个人把手。

这个未来苏庄的领导者，在这个洞穴中度过了他一生最诡异的一个夜，整个晚上，他看到洞的深处有无数只猫头鹰的眼睛在远处闪闪发亮，好像一直在盯着他看，他期望着有一只能飞起来将他置于死地，但是整整一个夜晚，他在自己创造的期望中一次次承受失败，他也采用过用吼叫、扔打来激怒这些猫头鹰，但是这些猫头鹰却像被施了咒语一般，对于他传递过去的信号，无任何回馈。

几十年后的一天，苏庄的人在这个洞穴顶上的庄稼地里挖地时，被陷落了下去，这才发现，这个洞穴竟然还有另一个出口，而这个洞穴的另一个出口却在第三条山谷中。苏子孝在这个洞穴中的一夜成了苏庄人们永恒的谜题。

甘世画让苏庄人准备五十条千足虫，并寻一件一月内的母牛胎衣。苏庄人的传统是母牛生产后，把胎衣悬挂在自家门前的树上晾干，并让母牛再次吃掉。这日，甘世画将母牛的胎衣铺于麦场之上，叫人从洞穴中抬出了苏子孝，将苏子孝放置在胎衣上，打算开始复制他曾经看到的那一次瑰丽的治疗。

当甘世画准备将五十条千足虫倒入苏子孝口中的时候，苏嫲儛上前说："你可能不知道，那位吃了蜈蚣的病人在第二年就死了，他死的时候，脑袋被穿了无数个孔。你见到我的那一日，我刚从海上回来。"甘世画这才看清楚，苏嫲儛就是当日那位大夫。

甘世画的阴谋被苏嫲儛揭穿了，他离开苏庄时，带走了那件恶臭的牛胎衣，那只死了的母猴竟然没有人知道去了哪里。

第四章：灾祸

几年后，甘世画带着他重新组建的马戏团巡演到了苏庄，不巧，遇到了连日降雨，甘世画的马戏团安营扎寨在贝山的最高处，搭了大小十多顶帐篷。

对于苏庄来说，这个马戏团是躁动的，新鲜的，从未有马戏团来过隐蔽的苏庄。为数不多的几名苏庄的年轻人发现这个马戏团中有很多看上去美艳的女人，她们头发颜色鲜艳，身条娇娆，眼神带勾。几日后，马戏团的女人忍受不住山顶的阴寒，开始陆续进入苏庄乞讨或者取暖，当时还有几个马戏团的女人消失不见了。

甘世画的阴谋又一次得到了上天的帮助。

苏庄历史中，第一个对其他女人鬼迷心窍的就是苏栾峒。苏栾峒可能是苏庄的历史上最热衷于房事的男人，尽管苏庄的男人在男女之事上皆无所作为，但苏庄的多少子嗣是苏栾峒的，这都难以考究，不过在苏栾峒身上东窗事发的事情已经不计其数。苏栾峒是在三十多岁的时候，突然发现苏初幼和苏初蜀的一个奇特的共同特征。这个共同特征让苏栾峒从此一蹶不振，直到遇到了甘世画马戏团的女人，他才重新燃起了男人的雄心。

兴许苏栾峒对于甘世画这个由女人组成的马戏团如此执意地路过苏庄，早已有了卑贱的或者是雄伟的想法。

苏栾峒大约是在二十八岁有了两个儿子，苏初幼和苏初蜀一日没穿鞋在院子中晒麦子，麦子大约每过半个时辰需要翻动一次，为了翻动方便，苏庄都是小孩子用光脚去换行翻动。苏栾峒就是在这时看到了苏初幼和苏初蜀的右脚大拇指和二拇指如同鸭子的爪子一般连接在一起。

苏栾峒年少时跟随师父参加过几次狩猎，曾经在一次扑杀野猪的行动中，追着一只野猪跑进过山谷，野猪在山谷中钻进了一个洞中，他们几人围住了洞口，砍下树枝，欲烟熏出野猪，视察洞口时，发现了一排脚印，脚印奇特，只有四个脚趾，就是后来苏栾峒看到的右脚大拇指和二拇指连接在一起的一只脚。

那只野猪大概在他们围堵了一天后，终于从洞中跑了出来，他们在洞外早已铺了一张网，做好了这只野猪怒扑的准备，但是那晚，在月光下，他们分明看见从洞中扑出来的不仅仅是一只野猪，后面还跟着一个人。在苏栾峒他们没有反应过来时，那人影一下子钻出了他们铺好的猎网，一眨眼就没了。

苏栾峒的师父是苏庄最早的劁猪匠，对于这件事情讳莫如深，让几位徒弟不要传言，这件事情过去好多年，突然被苏栾峒在自己家的院子里想了起来。

他们那一夜抓住的那只野猪，后来为苏庄做了两年种猪后，异常死亡。死的时候四肢猪蹄全部被人折断，伤口并不是用刀砍的齐整，却像是直接撕掉的一般，参差不齐。

苏栾峒觉得此事不宜声张，就隐秘了下来，然后自己一直在背地里做调查。苏栾峒后来有三次想再次进入发现野猪的那个洞穴，为了不让人发现，他经常在晚上进入山谷。有那么一次，他看到山谷中的入口处有个跪倒在地的人，嘴里念念有词，然后眼前会站起来两个红彤彤的婴童，当苏栾峒以为是发生的幻觉时，闭上眼睛，再睁开，眼前却空无一物。

马戏团的女人来到苏栾峒的门前，苏栾峒用一碗猪下水交换了一个女人一夜的时间。苏栾峒在发现自己两个儿子脚印异常之后，和自己的妻子再无夫妻之事，这日见到马戏团的女人风姿绰约，重新点燃了心中的欲火，苏庄从来也没有来过这样的一群女人。

苏庄的又一次灾祸，由这些马戏团的女人招致而来。

大雨在十多日后就停了，马戏团开业，门票一张十元，站在外面吆喝的人号称，十元钱就可以看到脱衣舞，花二十元钱可以摸任何一个女人的身体。马戏团支起的帐篷尖顶高耸入云，苏庄的人们站在马戏团帐篷外的高台下，看到台上的女人们张牙舞爪地挪动着身体。

此时的苏初蜀已经从帐篷后面的小洞钻了进去，他进去后看到了三个裸体女人跪倒在地，缠绕在一起，随着每一次的动作，发出无比狼藉的呻吟，她们在麻包堆砌起来的床上，不容置疑地宣泄着。苏初蜀躲在麻布包裹的木板下面，看完了一场令他神经麻木的表演，后来他在给苏初幼描述这场表演的时候，用尽了所有的词汇，还是未给苏初幼表述清楚这是一场怎样令人惊艳让人血脉贲张的表演。

其实苏初蜀隐瞒了这场表演的后半部分，他在麻布下面觉得浑身燥热，下体坚挺，他使劲控制自己时，咬住自己的手指，却把自己咬疼了。几位女人发现苏初蜀后，并没立马告知看场子的打手们，而是让苏初蜀参与了她们的表演，唯一让苏初蜀疑惑的是，为什么她们的这场表演没有其他观众。

苏初蜀就是在这次，前所未有地体会到作为男人的美妙，他深深地喜欢上了这些女人。表演完成后，苏初蜀沿进来的小洞钻出去时，发现小洞已经不复存在。苏初蜀只得求马戏团的几位女人，让他逃出去，几位女人告诉他，若是让马戏团的打手知道了，会打死苏初蜀。她们表示遗憾，她们连自己小命都难保。

苏初蜀最后被带到了甘世画那里，甘世画并没有责难苏初蜀，而是告诉苏初蜀，苏栾峒已经身染性病，让他回去给报个信。苏初蜀像得到甘世画的恩准一般，从马戏团的正门洋洋洒洒地走了出去。回家把这个消息带给苏栾峒后，苏初蜀开始了他一生中最绘声绘色的一次炫耀，炫耀的对象就是苏初幼。

苏栾峒第二日让苏初蜀找到甘世画，交予甘世画一把劁猪刀。甘世画看到这把刀知道自己的计划无法实施下去，他看着眼前这个冷冽的少年，说："你想不想加入我们马戏团，这样的话，你就可以天天和我们马戏团的女人们在一起，她们的好处，你自己是最清楚。"

苏初蜀用近乎致命的语气答应后，甘世画对他说："你若是能拿回一碗红驴的血，就让你做马戏团的人。要是你能将红驴偷出来，就让你做马戏团的领头人。"

苏初蜀多少年后回到苏庄，做起了箍桶匠，他丝毫不掩饰当年对于马戏团女人身体的着迷，以至于他能无所畏惧，用苏栾峒的劁猪刀去取一碗驴血。苏初蜀取血的过程苏嫲儛在庙外看得清清楚楚，他并不想阻拦这个已经陷入命运褶皱的少年，但是苏初蜀第二次返回想偷走红驴，却撼动了苏嫲儛的忍心。

苏嫲儛的阻拦招致苏初蜀起了杀意，苏初蜀用劁猪刀砍掉了苏嫲儛的一只胳膊后，还欲牵走红驴，苏嫲儛大喊一句："甘世画和你爹苏栾峒以前都是土匪，你中了甘世画的计，他们几十年前就认识。"苏初蜀听罢，连忙逃走。

苏嫲儛此后一直后悔不已的是，他其实能早些揭穿甘世画。苏嫲儛早在马戏团来到苏庄的头一日，无意间看到伪装了的甘世画在苏庄游荡。

当天夜里，马戏团就不见了，甘世画这次离开时，明显苍老了许多，马戏团还是带走了苏初蜀。甘世画走时，偷偷留给苏栾峒一张纸，苏栾峒打开那张纸，纸上印着那只大拇指和二拇指连在一起的脚印。

第五章：地道

苏万川一个炸药包轰开了苏庄第二段历史的开始，三个月后的一天夜里，苏继先带着十具尸体进了苏庄。准确地说，带着十具尸体的不是苏继先本人，而是他的队伍。

那一夜的月光凶狠难忍，有人说那一夜的月光像蓬发了仇恨，有一种咬牙切齿地急迫，月光像长了牙齿的怪兽，撕咬着贝山，有种要把地皮掀起的感觉。月亮的光亮相比太阳光的刺眼变得可怖。

苏继先的队伍并不是无声无息地开进苏庄，而是浩浩荡荡、明目张胆，甚至于有点刻意张扬般地进入苏庄。几十人的队伍朝着山谷的方向奔涌，裹得严严实实的十具尸体泛着强有力的死人气味趟涉过苏庄最宽阔的一条道路，分流到小径上，最后进入山谷。这支队伍的衣服在月光下去看的话，是一种滑稽的白色，像母鸡拉稀后的鸡屎再被太阳晒干的白。

最先发现这支队伍的人是已经着迷于夜观天象的苏环载，他有此爱好已经有些年月，自从有此爱好之后，他变得神神叨叨，几乎要和苏嫲儛一般被人排除出正常人的行列。苏环载已经整夜整夜在贝山最高的地方矗立了好几天，自从苏万川回来后，他就开始了这个举动。苏环载看到几十人浩荡进苏庄的时候，起初是想敲响苏庄山顶的那个铜锣的，可是他发现自己的身边竟然多了一人，仔细一瞧，是那年在苏万川之前离开苏庄的苏继先，然后他们两个站在那里，看到几十人在月光下像流水一般进入、平淌、分流，最后隐没。

苏继先可能是苏庄最善于建造的人，他的心中住着一座宫殿，他可能也是苏庄最热衷于创新的人，他在九岁的时候就已经展现了他无与伦比的才华，他那时候是一个整日怒气冲冲的孩子。

苏继先在九岁的时候完成了自己此生最具意义的两件事情中的一件。他领导他的小队伍，不知不觉中给苏庄每家每户的地窖中开辟了通道，让这个死气沉沉的村庄地下有了千回百转的奇观。当人们发现这个巨大的工程的时候，泛滥的井水已经溢满了每家每户的地窖。苏继先构造的地下王国，在井水泛滥的那个时间才被苏庄的人们发现，那一刻，苏庄的人们都忘记了这个整日怒气冲冲的孩子为生活带来的困扰，而是沉浸在对苏继先这场无法无天的作为的惊叹中。苏庄那一年所有地窖中的土豆、南瓜全部送到了猪圈中。

后来很多人私底下都悄悄问过苏继先，怎么样才能以最节省时间的方式在自己家的地窖中到达自己想要去的那个人的家中，苏继先皆无任何保留。于是这些地道的第一批使用者们很明晰的目的就是为了解决性问题。

随着这些地道的使用率不断增大，人们发现这些地道的害处远远大于有利的一面，大多数人开始填埋、固封自己家的地道，封住自己家通往地道的入口，也封住别人进入自己家的出口，然后再开掘新的地窖。

在开掘新的地窖的时候，第一个被陷进坟膛里险些丧命是苏初幼。

当时，苏庄还只是一个贫瘠的，外人都不愿意进入给予哪怕怜悯一下的地方，闭塞的缠绕让此地的人们苦不堪言，在苏继先表露出惊人的魔力后，人们曾经都对当时还是个孩子的苏继先抱有了一种殷切的期望。在以后的二十年中，苏继先再也没有异常之举。

有关于苏继先的那次意外的才华展示，慢慢地都被大家忘记了，尽管很多人的心里种下了对苏继先的恐惧或者期望，但是那件事情还是短暂的就那么过去了，有关于这位后来的苏庄阴谋家的故事，全部停止于他上一次的出走。

在新地窖开掘的过程中，苏初幼第一次见到了人骨，那么多人骨，这和后来苏初幼反感白色不无关系。

苏庄的土坟由两部分组成，一部分是下棺材的前堂，前堂成长方形，长度和人棺相当，宽度是棺材的两倍，便于棺材两边站人，前堂正中间底部会掘出一个和棺材等长等高的洞穴，棺材是推进这个洞穴中放置，前堂则放置所有陪葬品。这套规矩被人们后来用于地窖的研发，地窖的主题部分是一个椭圆形主坑，在主坑周围可根据需要自己挖掘小洞，储存和主坑中不一样的食材。

挖掘周边小洞一般都是让身形娇小者完成，苏初幼担负着自己家地窖中小洞的挖掘，他在第三个小洞的挖掘中就发现了异常，土质稀松，干燥。苏初幼没顾忌这些，继续挖下去的时候，一使劲，自己就被前面突然冒出的一个巨大的黑色洞穴吞没掉。苏初幼双脚站稳的时候，已经看见了累累白骨。

惊叫声使得苏栾峒发觉儿子已经消失于地窖之中，于是他把绳子的一端拴在自己的腰上，另一端系在地窖外的椿树根部，苏栾峒跳进苏初幼的陷进的坟膛之中时，才猛然醒悟，原来他爹在为他们家圈地时已然知道，这地下有一个很大的坟膛。苏栾峒记得他老爹以前的作为运尸队队长的职务。随后，临近的几家人依次发现了这个巨大的坟膛，不容置疑，这个巨大的坟膛已经在地下隐藏了那么多年。

苏继先的队伍住进苏庄的第二天，就有人发现起先封住的地窖的地道有人挖开的迹象。这次回来的苏继先依然还是怒气冲冲。苏继先后来回顾成长经历的时候，他痛苦于他一直排遣不掉第一次在地道中看到尸骨后无以名状的喜悦。他对地道的痴迷和爆发源于他在地窖中无意中的一次挖掘，他可能是在苏庄目前活着的人中第一个发现苏庄的这个巨大坟膛的人。

苏继先隐没这个秘密开掘的第一条隧道，只是想把这些白骨移除这个坟膛，这个计划的转折点来自于他第一条地道的失败，他的第一条地道最终挖掘到了苏庄唯一的水井中的，苏继先那日看到第一丝光亮的时候，以为自己的这条地道终于通往了山谷的深处，事实却残酷的让这个怒气冲冲的孩子不得不延迟这个秘密的曝光时间。

第一条地道为苏继先带来的是一群小伙伴的簇拥，苏继先的领导才能来自于他的阴谋家思维，他让那些小伙伴看到了惊悚的白骨，看到了曲折蜿蜒的地道，看到了另一种能到达水井的道路，这一切都成为他以后能组建一支队伍的必要条件。

后记：脐血和母肉

0.

在很长的一段时间中，我是停止写作的，因为坐下来写的时候，就会不断地质疑自己，写的这东西是不是有价值，再看看那些写得好的作家，我完完全全可以做一个“合格的读者”。

然后我对自己写的虚构类的东西的要求是十年后至少能看进眼里去。

最初来北京，三年时间里，我没有回过一次老家，三年后的夏天回到我们村里，看见一个老头拿着我高中时出版的一本短篇小说在太阳下翻看，这本书当时我在我们村里留了200多本，基本上认字的人都有了。他一边看一边还问我，你为什么不写我呢？我的故事比广文的多（广文是我一篇文章的主人公）。

我们村那一辈老头都看书，比我爸爸这一辈人和我这一辈人对书尊重。家家大门口的大梁上，有耕读传家的石刻。

现在回到村里，村里的耕地全部被征收盖了楼，丝毫找不到那个安静、原始、落后的苏庄。

为此，我在持续不断地写着《苏庄词典》，以此来祭奠那个记忆中的故乡。

一天晚上，微信有人加我，自我介绍一番，我一看名字是我初中同学，他那时候去新疆当兵了，至少有15年我们没联系过，他说自己现在也看书，我想起这小子那时候是个混混，别说看书了，字都不认几个。他把他老婆写的文章发给我看，说你看，我想看这样的故事，我们自己的故事，说自己老婆写得太没味道，说最近在看满仓在网上的连载，写我们自己的事情，满仓是比我们大好几届的学生，那时候写文章很厉害，后来满仓回我们老家当语文老师，再后来就不写了。我这个初中同学说："我去年回家去看了你爸妈，拿了一本你的书，你写咱们的故事吧。"

这时候，我觉得写作"在场"是最重要的，其余的都听天由命了。

我个人的文学追求是这样的：小说家有四层，作家相遇有三类，文学相遇有四种，文学语言、文学标准、文学追求都是生命的折射（见附录）。

追求是一回事，呈现效果是另一回事。其实我没有自己想象中那么有能耐，当我把东西写出来时，回头去看，离我自己追逐的东西还相当有距离。

我经常说，别看我们都是人的模样，可是人和人之间相差着一万年的进化。尤其对文学的理解上，这个进化表现尤为明显。

我的所有故事的肌理都来源于苏庄，而未来，可能我的故事中的人物也都来自于苏庄。

苏庄于我而言就是脐血和母肉。

我对苏庄的记忆全部来源于我奶奶。

去年我是十一回的老家，奶奶吃完饭，叫我说：“闲不。”我说：“闲。”她说：“那过来一起来聊聊。”

1.

奶奶给我细数了他们那一辈人都是什么时间去世的，具体的季节，具体的日期，具体的时间段，是太阳当空，还是月光平铺，临终是有病，还是自然死亡。

然后会把去世那人的家人们的返乡速度还有到齐人数给予点评，并对此人的生平给予一句总结。

比如：他命挺好，一辈子没受罪。她命苦了一辈子。她嫁到苏庄就没好日子。他作孽太多了，这样走也算上天恩赐了。

我坐在她身边，听着她那种极度精准的描述，想哭。

她也是用这样的语言和这个世界一直做着各种对抗、交易、谈判，现如今，她用这样的语言来记录生死。

我想一个老太太的内心得有多孤寂，才把生命的时间拉得如此之长，把这些我们想都不想的事情，在自己的脑子中建立记忆点，并开始编织出自己的思考让它们和自己的情感产生作用。

奶奶心中刻着一整部苏庄的死亡史。

她的世界静谧到没有其他嘈杂的信号，只注意庄子里喊丧人那一嗓子谁谁谁谁走了。

2.

奶奶跟我说，她那一辈的人现在还剩余两个了，一个是自己，另一个在县城里。

这是奶奶唯一活着的伙伴了，伙伴背着在县医院当院长的儿子经常往乡下老家跑，前五年还能跑得动，这十几年中再也没有回来过。

那时候跑是因为实在接受不了城里人的生活，马桶都用不惯，憋得实在难受，晚上就走出去好几里，找块空农田解决掉。

小伙伴每次回来就和奶奶住一起，给奶奶带些鲜味，像一对透露自己心仪小伙的闺蜜。

奶奶伙伴的儿子每年大年初一会回来给老祖宗上坟，临回城里会来看奶奶，带来奶奶伙伴的消息，临走奶奶给自己的伙伴捎上自己做的东西，送出去好远，像送自己出远门的儿子。

我叔说："娘，我开车送你去县城看她。"奶奶说："不去。"

自打爷爷去世后二十年中，奶奶只出过一次庄子，那次是去镇里看秦腔，只因那场戏的10多个油彩脸谱都出自奶奶第四个儿子之手，才给面子去的。此后再不想走出庄子了。

3.

奶奶今年九十二岁，爷爷是七十二岁去世的，爷爷走得很洒脱，下午下完棋，晒了太阳，觉得累，回来睡下就走了。

奶奶十八岁嫁给爷爷，爷爷是个穷得只有一箱子书的农不知道多少代，奶奶是爷爷用两匹黑布换来的。每次我大娘二娘比嫁妆叫穷，我奶奶都站出来压着她们。

奶奶生了六个儿子，一个姑娘。

这一生经历过丧子之痛，失女之悲。

奶奶在我们整个家族中承担的最主要角色是物质平衡员。

这个职位是我发明的，比如谁给了她东西，她自己不吃不用，偷偷锁到自己的柜子中，第二天她就会想到这个东西应该给谁，她会想到谁少这个东西或者没吃过这个东西。

然后大家给奶奶东西的时候，都会说一句："您自己用，自己吃，别给别人了。"

然后你还是会发现送给奶奶的东西在别人那里。

又气又好笑，经常会看到奶奶从自己的肚兜中掏出东西，兴冲冲地递过来。然后我们每个人都受贿过，不论是快六十岁的大伯还是才四岁的小侄子。

4.

奶奶是小脚，裹脚布自己偷偷洗，几个儿媳妇谁洗都信不过，觉得洗得不干净。

奶奶穿大襟衣服，这衣服现在很多老裁缝都不会做了。家人后来找到一个会做的，给奶奶定制了十几套，奶奶笑说："你看，时代都不留我了。"

我见过奶奶以前收留的一个比我家还穷的孩子，跪在奶奶面前诉说几个小时的情景。那人后来还是成了个人物，来看奶奶时跪着说当年若不是奶奶接济，他娘和他早没了。

奶奶这辈子最遗憾的是，她们家早年富裕，后来家败，父亲把子嗣送人、外嫁，姐妹弟兄八个人，十八岁后再也没见过，每每说起来都是含泪遗憾。

在她言语中，能听出她大哥是个能人，她一直期盼着她大哥能把他们兄弟姐妹的消息都打听清楚，有生之年有个相聚。

后来来过一拨人，是奶奶大哥的子嗣，奶奶大哥去世了。说这么多年，终于找到奶奶了。其他的都外迁，没了消息，给奶奶留了一张奶奶大哥的照片。

奶奶现在还期盼着有一天还有她的兄弟姐妹找上门来。

5.

其实我大伯几人也一直在寻找奶奶家族的人，只是那时候书信不通，断绝联系几十年，实在没有任何线索，有的都改了姓。

奶奶生过大病，咽气好几天又活过来了，她棺材板就是那时候准备的，现在奶奶一有空，就用扫把扫扫棺材板上的土。

那次我父亲几人更加坚定要找到奶奶家族的人，不然去世了连个娘家血脉都没有。

奶奶那次大病后吃东西就不行了，现在就喝面糊糊。

奶奶看不上身边四个儿媳妇任何一个做的面片、烙饼、针线。

只要她们妯娌在奶奶面前干这些，都会被数落。

奶奶现在就吃自己炒的面和的面糊糊。

奶奶有八个孙子，一个外孙，五个孙女，三个外孙女。到目前有三个重孙，一个外重孙。

我在孙子中排第四，我们都喜欢喝奶奶做的面糊，那是世界上最让我记得住的味道。

奶奶的身体现在也只接受这一种食物。吃其他的都拉肚子，儿子孙子买的贵的、稀奇的，便宜的、家常的，都不行。

6.

在奶奶的孙子中，我和奶奶相处的时间最久。

爷爷去世后，我和奶奶住在一起，负责照看她。那时候我养了一只猫，奶奶负责猫的吃喝，我负责和猫玩，后来我上高中去县城住校，那只猫就陪着奶奶了。

奶奶一个字不认识，不看电视，到目前为止都没去过县城。

奶奶常常在腊月里站在我们家门口数，数什么呢，数这堆子孙还有谁没有回来过年。

大年三十，每个人都得到奶奶这里报个到，不回家都得要提前给奶奶通报下。

奶奶是活得最为坚强的那一辈人，她每每给我说起那时候挨饿，还有那时有些暂时得势、鸡犬升天的日子，还有她命中的好人，还有她命中的不平，还有她记得的故事，这些叙述都没有了情绪，只余下一种平淡的味道。

这可能就是她对生活的一种敬仰。

7.

奶奶是崇尚慢的，把握好时令，按照最慢的速度去安排吃喝，安排播种，安排收成。

她有自己的菜园，从来不贪多，她的菜是最有原始味道的。

她的慢体现在手擀面和千层饼的功夫上，出来的味道估计是后无来者了。

奶奶是自信的，她甚至把自己鬓白的落发积攒起来等着货郎来换取针线，也不愿意花钱去买。货郎说白头发不收了，奶奶还是会自信满满，拿出其他自己积攒的东西用于交换，奶奶是可以离开货币生存的。

奶奶总是带着千层饼的香味，胡麻油和细麻的味道在她那里混合着，滋育着我们这群子孙。

逢寒冬疾风，逢暴雨连阴，往奶奶屋子里钻，有烧得最热的炕，有最松脆的饼，这可是奶奶不让子孙遗落的自信的根。

8.

奶奶是忠于一类东西的，她最喜欢的是椿树，她的房子后面有一棵三十多米高的椿树，每次地震或者连续降雨，我父亲兄弟几个都欲砍掉，万一那棵树倒下来，房子压塌，奶奶就有危险。

那棵树前些年还稳健，现在根都咋咋呼呼地露出地皮不少。

奶奶就是不让砍，说她走了后，他们爱砍不砍。

他们商量着偷偷砍了，但是几次考虑，还是不忍心。这棵树后来竟然成为我们庄子里最高大的一棵树。站在山梁子上，找我们家，找那棵树就行，夏天可能不在意，但是在秋天，那棵树变得无比有存在感。

我们庄子全面整修，旧房子全部拆除换新房子，只有奶奶的房子最后留了下来。那个房子奶奶和爷爷住了有二十五年。

所有的人都用自己的方式去试图说服奶奶同意拆迁，搬进新房子，奶奶始终没有同意。

于是这间屋子很凑巧地也成为我们庄子最古老的屋子，甚至可以用来研究我们庄子20世纪的建筑特色。

奶奶就是如此在苏庄持续性地做着标记。

我想着，最终我们都会抛弃噪音，身边只剩余一种敬仰，只携带一种味道，身体只接受一种食物。

而我，从始至终地去描写苏庄。

为此，我用尽全身的力量在书写一本古老的苏庄的故事——《苏庄的遗嘱》。

苏庄的故事就这样开始了：苏子孝死后二十年，怎么也想不到自己曾经下令苏庄人万世不可开窑的三号窑，被苏万川一个炸药包轰开了门。

在此之前，在此同时，在此以后，我所有的文学准备让我很苦恼，越是往里面钻，也就越觉得这是一件永远不可能成功的事情。因为文学这件事情带来的只能是失败，没有多少人能把文学拉拢到自己身边成为一伙。伴随着失败的结局，我还在坚持不懈地做着我的文学准备。这个准备我也不知道什么时间是个阶段性的停滞，但是目前看来，我的速度、我的智力、我的生存环境都在加速着这件事情的失败程度，就我的文学而言，唯一可以比拼的东西就是活得够久够长，以此来弥补我的天分不足。已经没有什么人能像海子、戈麦一般能在年轻的时候绽放，唯愿有更多的时间给我，让我再准备着。

附录：

小说家有四层，作家相遇有三类，文学相遇有四种，文学语言、文学标准、文学追求都是生命的折射。

在我自己的阅读感受中，小说家有四个层：博尔赫斯、卡尔维诺、王小波这样的作家是上天给人类的礼物；马尔克斯、卡佛、布考斯基、余华、阿乙这样的是天生神力，他们发现了自己的神力；迟子建、马原、莫言、苏童这样的作家是聪明的作家，学会了这门手艺的作家；最后一波是人民文学、收获、小说选刊上的作家，他们学会了用小说语言讲故事。而如我般天资贫瘠者，穷其一生，也只能成为第四波。

在我心目中的这个分层，是现在这个年纪的感受，且只是个人感受，可能会随着年龄的增加然后再次变换，我还在不断地与其他作家相遇中，相遇后他们带给我的个人感受是什么，还是未知。

文学不是化学公式，文学不是物理研究，这样的分层方式是粗野愚蠢的，每个人心目中都有一个自己的至高无上的作家，这样的作家或许可能是解决了我们的生活疑惑，或许解决了我们的艺术疑惑，还或许给了我们其他的东西，就像我第一次看完《神秘岛》，那时候的我觉得这是世界上最伟大的作品了。

这里不是讨论作家谁高谁低，是在说就作品而言呈现给我的，对于我自己的文学标准而言，呈现出的作家的功力程度。兴许我自己的文学喜好就是偏颇的，出发点就是错误的，谁知道呢？

就作家而言，当读者在作品面前强作解人的时候，隐藏在小说文本后面的作家也许还有另一个出发点。无规律可循却又有阅读评判，这是文学的另一大美妙之处。

文学追求是一种人生修行，是一种自律，这种自律建立在必要的阅读和兴趣之上，它和其他东西无关。

文学标准是一种人生审美的抵达，这种抵达需要的情感因素太复杂，因此这种东西需要必要的经验积累后再次脱离经验，靠缘分和天资的结合。

文学语言是一种人生表达的透彻力展示，语言是无法模拟的，那么你短时间内模仿的很像，用较大阅读量来摄取语言的感觉，但是迟早你在穿过险滩有资格攀登高峰时，这一切都会变成空白，会发现前面的东西已经忘记的一干二净，这时候已经没有任何东西是你能投机取巧的，这时候需要的就是天生的、最纯真的、你最初接受的语言。

诗道的精微，科学的直觉

这是纳博科夫对于好小说的标准，具体就是说，细节上的逼真和整饬杂乱无章的现实的能力 + 想象力和对历史认知的洞察。

翻译成人话是这样子的：谋篇布局＋历史细节复原＋人性复杂探微＋想象力和激情的糅杂＋纯熟的技巧。

站在写作者的角度呢，就是题材的熟悉程度、人物肖像的具体化、人物个性的摄取、想象力的精准性、修饰语言的节制、词汇的大众化普通化、优秀视角的截取、故事的普世价值、讲述方式的语言选择、语速和时代的匹配度、解决的是过去的当下的还是将来的经验。文学需要的是此类的价值，文学不需要你设置的场景、捉上去的牵线木偶般的人物，毫无意义的生活、政治经验。

文学的手段可以是变态的、放大的、不和常理的，甚至也可以是单一的，但文学的理解却要是刻骨的、丰沛的、从土地中能长出来的。

文学的相遇和阅读，不得不让人看到有三种作家：

一种是已成经典型的，这种东西一直会曝光于你眼前、人们的谈资中，你和他们的相遇比较简单，相遇的多少就在于你的兴趣有多大了，一般这种作家好像喜欢上一个的话，基本上都会喜欢上他的所有，因此针对这种作家合格的读者、优秀的读者较多；

第二种是当代已成名家或者持续出版曝光的算不上名家的作家，这类作家有的是正经的持续创作，输出作品，而有些是被我们的老师、我们的记忆、碎片的信息给我们脑子中造成了“印象中的经典”的结果，很多作家我们早早听过甚至都以为已死了。我们听过的大于我们看过的时候，印象中的经典就很容易欺骗我们，这种作家和作品的相遇，一类是被媒体、资讯的推送，一类是我们主动的关注，我长期关注的是余华和格非，媒体的信息我只信任一些牛 X 的出版机构和专业文学杂志的遴选，当然不能只信任这些，因为一些“你懂得”的东西太多，一些优秀的独立杂志、独立出版机构的作品会比体制内的做得更优秀；

第三种是我们对于同龄作家的关注，文学的同龄可以是前后各自加上 10 年的，80 后的文学同龄可以是 70 后和 90 后作家，这类文学的相遇很必要，因为此类作家一直和你在一起思考，较量的是对时代各种层面的感知力，可能有些恰巧和你是属于同一种领域，比如路内的工业城市、阿乙的各种案件、张楚的小县城、徐则臣的他乡北京、冯唐的北京，盛可以的打工妹、颜歌的平乐镇，诸如此类吧。这种相对太多，或许你很早能遇到写自己的那种作家，或许你一直还没遇到写自己的作家，没有遇到有可能是你缘分不够，不够勤奋，也可能就是空白。

关于文学相遇的情况:

大多时候你知道你所阅读的某作家作品是极尽完美的，你迫切的喜欢这样的作品，但是你明显知道这种作品是可遇不可求的，就我而言，看到王朔的作品，看到马尔克斯的作品等作品时此种感觉最为强烈。

还有些时候，你看到一种东西，你看了也懂，也觉得他牛 X，是金灿灿的，但是你就是不喜欢，这样的情况别在意，扔了就行。

少数时候，你会遇到和自己所要表达的东西比较接近，和自己要写的东西属于一类的，这类相当于自己的私藏。你看到后有些欣喜又有些失落，欣喜于这个作家已经用成功的作品证明了你的设想，失落于这件事情不是自己完成的。与我而言的话，35 岁之前的中短篇的标准是张楚、王威廉这样的作家。

偶然的时候，会遇到一些异类，遇到这类的时候，你会惊叹于创造力的美妙，就我自己来说，看到阿丁、小饭、陆源、赵志明的作品后有种想自残的想法，这个世界上的天才太多，明显不给我们机会。

还有一种相遇就像高潮后的温存，就是看完作家的作品，然后去读作家的随笔，注意，一定是对作家作品熟悉了再去看，不然没法高潮，比如纳博科夫《说吧，记忆》、奥威尔《我为什么写作》、伯恩哈德《我的文学奖》、卡尔维诺《为什么读经典》、余华《没有一条道路是重复的》、格非《博尔赫斯的面孔》、阿乙《寡人》等等。

文学阅读实在是太过美妙的一件事情，当你相遇的你的敌人、朋友、偶像、自己、梦中情人等各种角色越来越多的时候……

我希望我们停止枯萎

——苏先生

每当清晨我早醒
第一眼看到你，我就被焦心所挟

我怕今天的你，遇到老板的轻视，遇到上司的嫌隙，遇到出租车司机的吼气
以及一切你面对生活所要遇到的诱惑或者鄙夷
我怕所有的这些带有颜色的东西
让晚上回到家的你变得不透亮
我就这样怕着，每个有希望的早晨和每个无望的梦境

同样，我怕我也在加速枯萎，已经感触不到你的变化
我也怕着，同样的我，在某一天，你看我时，惊讶于我已经不是你要的那个人

每当我晚上坐在家里那个被你改造过的沙发上
用耳朵提心吊胆又满心欣喜地接收你上楼的声响
直到防盗门咯噔一下
我就又开始了慌恐，那一瞬间我才想起看看四周你设定的这个和我们各自故乡尽量接近的家

在这之前的空余时间，我都在发呆，每天思考着，我怎么能做些违逆的事而不为你知
我怕我又把什么乱动了，迎来你的嫌弃

有时候你回家不言一语，过一会儿肯定要哭
有时候你回家盛气凌人，过一会儿就要发威
前者的你一定是受到自己尊重的人的责难
后者的你就是今天又胜利了的你
黑夜再次承接我们对白天的满与不满
并施予我们安眠或者焦躁

我就知道，直到这时候，我才有把握发出一句幸福的肯定
恩，这丫头没变，还是昨天的她，还是去年的她，还是五年前的她

我希望着我们能停止枯萎
能不被复杂改变，能不被不美好漫心
能抵得住零散的丑恶，能迅速忘记那些潜伏很久才被自己发现的奸邪
我希望着我们能去无限制地虚度所有时间
不管那些高的成就，矮的自尊
长的忍耐，短的满足
我希望我们从早晨看到脆弱娇羞的黎明
再到看到持重不控的夜晚
这之间的所有温暖和寒心，我都能和你用相同的心思去对待

不屑的、轻蔑的、挥霍的
你尽管糟蹋这所有的生机勃勃以及心如死灰
我觉得这就是我们在一起最应当的浪费

每次吵架，我都把你当成仇人
那天持续四个小时的辩论后
我以胜利者的姿势睡去
你不再说话，而是跑到我的床上来一次次掀被子
我以无情的言语继续伤害着你
最后的你，终于，摆给我一双妻子的眼神
那一刻，我的心瘫软得像我头一次抬头看见的故乡的整团整团的白云
我太钟情于你的强大，而无视了你的天真和弱小

偶尔，在马路上我们并排而行
我侧脸一看，你宛然一睁的眼睛，像个刚探头的鸡仔
这些所有的积极，似乎都在把我往明亮里引导
在遇到你前
我曾把一些追逐当成雄心
我也曾把一些路过当成宿命
而这时，我多么想和你就此诀别
我怕，持续枯萎的我让你的信心消磨殆尽
我是多么不想看到某天的我们
像老茧似的让人无视的男人

像菜场似的让人喧嚷的女人

就像你所难过的那样：

终有一天我将被消耗掉所有的热情，其中之一就是我不再爱你

每每想起这件事情，这比我不爱你还要难过

我多么想我们就这样停止枯萎

一路迎着盛放

一路抵着泥土

拥有长的陪伴，短的相拥

多的晴朗，恰到好处的惊喜